愛が灯る

序章　ひとりきりの部屋

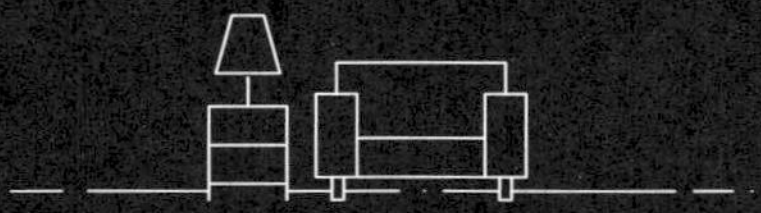

すっかり殺風景になった部屋を見渡して、胸がちくりと痛んだ。

質感を残した石造りのタイルが並んだ床と、灰色の壁紙。

室内にはソファーも、カーテンもない。

床に積み上がった参考書も、小中学校の卒業アルバムも、コミュニケーション上達のためのハウツー本も合唱曲のCDたちも友情モノの映画のDVDも、ぜんぶ綺麗《きれい》になくなってしまった。

この部屋って本当はこんなに広かったんだな、と思う。

……当たり前のようにそばにあったのに、全然気付かなかった。

だだっ広い部屋の真ん中には、小さな灯籠《とうろう》の火がぽつんと灯っている。

それはこの部屋に残った、最後のもの。

その優しい灯りに目を細めたら、ふいに、いくつもの時間が蘇ってきた。

ここに来ると、いつも決まって私より先に鈴真《すずま》がいた。

ソファーに並んで、誰にも邪魔されることなく話す二人だけの時間。

たくさんの「こわい」について話をした。

いつも決まって不安を打ち明けるのは私のほうで、彼は時々相槌《あいづち》を打ちながらそっと話を聞いてくれた。口を挟まず、遮ることもせず、淡々と。

そのことに、どれだけ救われただろう。

「……ありがとう」

ぽつり、呟《つぶや》いた言葉は誰もいない部屋の空中に溶けて消えた。

私の「こわい」でできた部屋には小さな灯籠と私以外何もなくて、あとは飾りっ気のない扉がひとつだけ付いている。

私は扉を真っ直ぐに見つめて、小さく息を吐いた。

最後にこの部屋から卒業しなきゃいけないのは、やっぱり私なんだな。

そう思ったら、思うように足が動かなくなった。私が歩いて行かなきゃいけないのは扉の向こうなのに、まるで足が縫い付けられてしまったみたいに、床から離れなくて――。

――今日はもう、こわくない？

ふいに、鈴真の声が聞こえた気がした。

よく聞きなれた、角《かど》のないあったかい声。

鈴真はいつも二人の時間の終わりに、決まってそう訊《き》いた。

私はいつも寂しさを覚えながら、それに「うん」とだけ返事したっけ。

思い出したら、縫い付けられた足がほどけて軽くなった。

ありがとう。結局、最後の最後まで助けられてしまったな。

私は真っ直ぐ扉のほうを見据えて、一歩、踏み出す――。

一章　中学時代

中学一年生の、秋。

「じゃあ結構曲も出そろってきたけど、まだ意見聞いてない人にも聞いちゃおっかなー」

少しおどけた声で、クラスメイトの女の子が言った。

それを聞いた私は、今まで凪《な》いでいた心の水面が波立ったのを感じた。

数学や国語の授業よりいくらか緩《ゆる》んだ教室のこの空気が、私はあまり得意じゃない。普通の授業は真面目に前を向いて受けていたら平穏に終わるけど、こういう授業は変則的で、スピーチをやらされたり、自分の意見を言わなきゃいけなかったり、そうでなくとも何かとクラスの中心人物たちが空気を作るから、居心地があまりよくなくて。

気まぐれに、窓の外に目をやってみる。

そこには背の高い木が一本植えられていて、黄色に色づいた葉とそうでない葉が交じり合っては、一様に風に揺れていた。早く色づく葉と青いままの葉、どうしてそれぞれ染まるスピードには差があるのだろう。一瞬そんなことが頭に浮かんで、すぐに消えていった。

昼食前の学活の時間、私たちのクラスは合唱コンクールの曲決めをやっていた。

教卓の前には合唱委員の女子二人が立っている。二人ともいわゆる一軍の女の子たちで、きっと示し合わせて立候補したんだろう。

私は自由な空気の中で、なるべく目立たないように、机の上に置いた自分の手をじっと見つめていた。平穏に、発言することなくこの時間をやり過ごしたいから。

「そうだな……栞里《しおり》とか、なんか他にやりたい曲ある？」

……えっ、私？

まさか本当に自分が当てられるとは思っていなくて、体内が急激に不安と緊張で満ちていくのを感じた。

一番目立つ女の子たちに対立するような意見はできないけど、それ以外の意見なら何か言っても特に問題にはならない。それが今の私の立ち位置で。

「えっと、……そうだな」

それなのにこんなに不安で張り裂けそうなのは、もしかしなくても、今が合唱コンの曲決めの時間だからだ。

きっと中学生の私は――今も「あの瞬間」から抜け出せないでいる。


それは二年前、私がまだ小学五年生だった頃。

「いや、マジでかっこいいこの曲！　これしかないって！」

「めっちゃ速いしピアノも超すごいしいいじゃん！」

「これで決まりでよくない？」

あの日も、私たちは合唱コンクールの曲決めをやっていた。といっても、今考えれば既に曲は決まりの流れで、あとは全員の賛成を確認するだけだったのだと思う。

五、六曲試聴したあとで、クラスのみんなが飛びついたのはいわゆる「難曲」だった。ピアノの旋律《せんりつ》が目まぐるしく跳ねまわり、合唱も音程すら難しいのに変則的な歌詞の追いかけっこまでちりばめられた、そんな曲だ。きっと中学三年生くらいが満を持してやるタイプのやつ。
私は当時、自分の意見を伝えることに対してなんとも思っていなかった。むしろ自分の考えを伝えることで、全体がよりよい方向に進んでいくのだと信じていた。

つまり——どこにでもいるありふれた小学五年生の女子だったのだろう。

私は自分の感覚に従って、ここは意見するべきだと思った。

このままこの曲に決まったらうちの合唱は良くてグダグダ、最悪の場合崩壊するから。

「ちょっといいかな」

私がそう言って立ち上がると、不思議そうな何十もの目が一斉にこちらを向いた。

「練習時間のわりに難易度が高すぎるから、私は別の曲にしたほうがいいと思う」

言い終わると、教室が静まり返る。

初めはみんな私の意見を受け止めて検討してくれているのかと思ったけれど、どうも様子がおかしいことにすぐ気付いた。

ひそひそ声が、あちこちから聞こえた。

「え、マジで?」「今言う?」「空気読めなすぎ」……。

初めて、人からそういう目を向けられた。

唇が震えているのにまず気づいて、それから緊張に似た何かが全身を埋め尽くして、何も考えられなくなっていく。

――こわい。

今思えばあれが、私が人生で最初に感じた強烈な不安だった。

「七村《ななむら》さんに賛成かなー。やっぱり、ちょっと難しいよ」

結局、私の意見に先生が賛同し、半ば強引に合唱曲は無難なものになった。

でも、それが引き金になった。

私はその日から、居場所を失くした。

私のせいで合唱曲が変更になった。その事実だけが残り、曲決めから一週間経っても、二週間経っても、クラスメイトから白い目で見られ続けた。聞こえる距離で陰口を叩かれた。給食の班で一人だけ微妙に机を離されながら食べる心細さを知った。

どうして、みんなに反する意見なんてしちゃったんだろう？

あの場で発言さえしなければ、こんな目に遭うことはなかったのに。

そんな激しい後悔に、幾度となく苛まれた。

やがて春が来て、六年生になるとクラス替えがあり、私はあっけなく居場所を取り戻した。

でも、薄々気づいていた。

あの瞬間から、私は変わってしまったのだと。

些細《ささい》なことで、大きな不安に押しつぶされるようになった。

人前で話す時、頭が真っ白になってまともに喋《しゃべ》れなくなった。

自分の意見を言うのが、怖くなった。

それでも——きっとあと半年や一年もすれば、自然と直るものだと信じていた。


話は戻って、中一の教室。

「みんな『COSMOS』やりたいって言ってるし、私もそれでいいと思う」

「うん、りょうかい〜」

本当は『心の瞳』という曲がやりたかった私は、そう毒にも薬にもならない発言をした。

小五で始まった不安症、そして当たり障りのないことを言って誤魔化《ごまか》すクセは、あれ以来直るどころかますます酷《ひど》くなっている気さえする。

人に同調していれば、私が傷つくことはない。

そういう些細な誤魔化しが癖になって、だんだん積み重なっていった。

ちゃんと自分の意見を言った記憶だって、あれ以来一度もない。

宇宙の曲より、身近な心の曲のほうが気持ちが入りそう、なんて言ったところでどうにもならないしな。私は頭の中で自分を納得させる。

不思議なもので、わざとらしくなく同調していれば人間関係は意外と上手くいく。みんな、否定されるより肯定されたい。だからきっと、私みたいのが一人いるのが丁度いいんだ。

「じゃあ相楽《さがら》はなんか意見ある？」

私の次に当てられたその名前を聞いて、窓際の席に目を向ける。

相楽鈴真《すずま》くん。

綺麗《きれい》で大きな瞳。ストレートの髪をちょっとセットで遊ばせた感じ。顔は整っているけれど、「かっこいい」ではなく「きれいな顔」って感じで。

私は特に話したこともないけれど、つい目で追ってしまうような不思議な雰囲気を持っている男の子だ。男子の目立つグループにいるけど、他の男子とは違ってやわらかい空気をまとっているし、ＳＮＳでたまに即興で作った短い物語を上げていたりもするらしい。

本当に、つかみどころのない男の子だ。

私と違って、自分の意見を言えて、自分の世界を持っている。

「俺は『心の瞳』のほうがいいと思う」

相楽くんは、角《かど》のない声で気持ちよく言い切った。

「は？　なんでよ。『ＣＯＳＭＯＳ』の流れじゃん！」

「宇宙の話と心の話。合唱するんだったら遠いものより、みんなにとって身近なほうがいいかなって思った。……そもそも俺、宇宙行ったことないしさ」

「みんなないでしょ！」

気だるげだった教室の空気が、その発言でちょっと和《なご》む。

私は思わず目を見開いた。

相楽《さがら》くんの言ったことは——内容だけを見れば、私が心の内側で思っていた意見とほとんど同じものだった。

でも……私だったら、絶対にあんなに嫌みのない言い方はできない。

まるで、つかみどころのない自分のキャラを分かっていて、その上でそれを上手く使うみたいな。

「相楽は相変わらず視点が独特すぎるんだよなー」

「ありがとう」

「褒《ほ》めてないから」

どっと、教室が沸く。

その様子を確認するように相楽くんは周囲を見渡して、続けた。

「壮大な宇宙の『COSMOS』より、『心の瞳』で勝ったほうが、なんかかっこいいんじゃない?」

そんな彼の発言ひとつで、笑いとともに、教室の流れが一気に変わるのを感じた。

「確かに『心の瞳』もいいよね」「優勝のビジョン見えたかも」……。

そんなみんなの声に耳を傾けながら、相楽くんはひとりごとみたいに言う。

「まあ、厳密にはCOSMOSも心の話をしてる曲だとは思うけど」

「じゃあどっちでもいいんじゃん！」

合唱委員の子がすかさずツッコみ、また笑いが続いた。

……羨ましいな。

全く嫌みのない、人を自分の世界に引き寄せる引力。

自分を持ちながら、クラスの真ん中でみんなをこっそり纏《まと》める。

そのバランス感覚がどれほどのものなのか、私にはちょっと想像がつかない。

でも、私は羨ましさと同時に——なんだか温かい気持ちにもなっていた。

それはきっと、相楽くんが『心の瞳』を推してくれたからじゃない。

私はたぶん——そんなふうに自分らしく生きる彼に、どこかで憧れているんだと思う。

＊

数か月が経って、冬の足音とともに寒さが本格的になってきた頃。

私たちのクラスで、クラス会が開催された。学校行事の打ち上げとかじゃなくて、本当にただ親睦を深めるためのやつ。大人の真似をして「忘年会」とか言っている子もいた。

会場はお好み焼き屋さん。店内には香ばしいような甘いような、独特の匂いが広がっている。夜に中学生だけでこういう場所にいる機会は意外に少なくて、みんなの声もいつもより弾んでいた。

でも私は――そんな非日常を上手く楽しめている自信がない。

六人席である自分のテーブルのクラスメイトたちを見回して、小さく息を呑《の》み込んだ。

……今日はずっと気を張っていることになりそうだ。

だったらやっぱり、私は今回も空気を壊さないように、無難な立ち回りをしよう。

クラス会には、みんな私服で来ていた。

私は無難な服を選んできたけど、目立つ男子の中には普段付けないネックレスなんかを付けてきている子もいて、私はそれを見て、ああいう子はきっとすぐに「大人」になっていくんだろうな、とぼんやり思った。それなのに、私は自分がちゃんと自分らしく生きる大人になったところが、全然上手く想像できない。

ふと、秋口に教室の窓から見た一本の木と、それについた葉たちのことを思い出した。

黄色に染まった葉から少し離れた位置で揺れる、まだ青かった葉っぱ。きっとあの葉たちはほどなくして一様に黄色く染まったのだろう。

人間も同じだったらいいのに、と私は思う。

全部、時間が解決してくれたらどんなに楽だろう。

「でさあ、マジで六時間先輩の応援させられっぱなしなの！　やばくね？」

「よくできるね。うち部活とか入らなくてよかったー」

テーブルには、私が普段仲良くしているメンバーは一人もいない。目立つグループの男女が二人ずつと、教室で普段あまり目立たない男の子が一人と、私。

クラス会に際して、いつも中心にいるサッカー部の男子が「くじ引きアプリで席決めようぜ」と言い出したのだ。その反応は様々だったけれど、結局面白がる人が多くて、今に至る。

私はこの場で、何を話せばいいんだろう？

とりあえず話の流れを遮らないようなことを時々言って、乗り切れるならそれが一番だ。

身体《からだ》が指の先から緊張していくのがわかる。

「そーいえば、栞里《しおり》は部活とかやってないの？」

そんなことを考えていたそばから、話題が自分に振られた。

私はとっさに気の利いた返しを考えようとして、でも中々出てこなくて。

「うん、やってないよ。なんか、自分の時間なくなるの嫌でさー」

「わかるわかる」

結局そんなところに落ち着いた。

たまに思う。私よりずっと目立つ子たちは、こういう場を自然な気持ちで、心の底から楽しめていたりするんだろうか。もしそうなら、こうして爆弾ゲームをしているみたいな心持ちで笑顔を作っている私は――やっぱりちょっと惨《みじ》めだよな、……なんて。

「住谷《すみたに》くんは？　部活とか、やってる？」

その時、私の向かいに座っている女子が、普段目立たない男の子に話を振った。

話を振られた住谷くんは、ずっと居心地悪そうにしていた。彼がこういう会に顔を出しているところを見るのは今回が初めてだし、あまり気乗りはしていないのかもしれない。

今回のクラス会は事前のやりとりで、なんとなく「極力全員参加だよね」みたいな空気ができていたような気がするから、それで来てくれたんだろうか。

「僕？　……僕、は」

テーブルの全員の視線が、話し始めた住谷くんに向く。

「やってない。学校終わった後でまで、他人と関わって時間使いたくないし、めんどくさい」

それを聞いた全員が、口をつぐんだ。

静寂。

その後で――テーブル全体に息をひそめるみたいな笑いが広がった。

「住谷くんやっぱ変わってるわー」「ある意味イメージどおり！」「かっけー」……。

口々に、嘲笑的なトーンで感想が並べられていく。

それに私は、微妙な顔をすることしかできなくて。

「てか、栞里《しおり》も何！　よく笑わずにいられるね」

急に水を向けられて、頭が真っ白になった。

この場を丸く過ごすには私も大笑いしたほうがよかったのかな。

でも、そうやって露骨に誰かに対して悪意を向ける勇気さえ、私にはなくて。

「……いや、なんというか」

「七村《ななむら》も実は似たこと考えてたり？」

「そういうわけじゃないよー」

どうすれば、正解だったんだろう。

笑いは隣のテーブルまで伝播《でんぱん》していた。「なになに⁉」「じつは住谷くんが〜」とテーブルを跨いだ交流が嘲笑のニュアンスを保ったまま続いていく。

みんな笑っているけど、どこか憐れむような目をしている気もして。

こういうの、凄《すご》く苦手だ。

私は、逃げるように視線を移した。

隣のテーブルの一番奥――相楽《さがら》くんが座っていた。

そこで一瞬、相楽くんと目が合った。私は慌てて逸らしてしまった。

目が合った瞬間、急に恥ずかしさがこみ上げた。もし、今の一部始終を相楽くんに見られていたとしたら、どうしよう。私の中途半端な顔も、さっきの笑いの的にされたことも、なぜか全部相楽くんには見られたくなかった。

相楽くんはこちらのテーブルに顔を向けて、なんでもないようなトーンで口を開いた。

「俺も放課後は一人でいたいけどなあ」

その発言で、一瞬で周りの注目が相楽《さがら》くんに集まる。

「鈴真《すずま》までどうした⁉」

「いや、割とみんなそうなんじゃない？　自分の時間欲しいでしょ」

「でも相楽、俺らとよく遊んでんじゃん。矛盾してね？」

普段相楽くんとよく話している目立つ男子グループの一人が、不思議そうに言った。

「それはさ」

相楽くんは、一度言葉を区切って。

「それは、たまたまお前らといる時間が楽しすぎて、たまたま優先したくなったからだよ」

「なんだそれ」

「お前らと俺、親友じゃん？　ってこと」

相楽くんはちゃらけるどころか本当に真顔で、そう言い切った。

相楽くんの友達のほうは、なんだか微妙な顔でちょっとうろたえている。

「……よくそんな恥ずかしいこと普通に言えるな。うわ、なんか俺まで恥ずかしくなってきた！」

たちまち、またテーブルを跨いだ笑いが空間を埋める。

「鈴真やば」「美しい友情で泣ける」「相楽変すぎる」……。

でも——それはさっきと違って、少しも嫌な感じのしない、あったかい笑いで。

だから、私も素直に笑うことができた。

「あ、七村《ななむら》」

その時、相楽くんが急に私の名前を呼んだ。

心臓が跳ねる。

「え、えっと……どうしたの？」

「さっきの話さ。七村も、もしかしたら俺と似たような感じだったりしたのかなって」

「え？」

「自分一人の時間は欲しいけど、友達との楽しい時間を優先することもある、くらいの感じ」

少し戸惑いながら、みんなの視線が私と相楽くんに集まっているのを感じた。

その瞬間、不意に気付いた。

相楽くんは今、……さっきのまま誤解されっぱなしだった私のフォローをしてくれているんだ。友達でもなければ、ほとんど話したことだってないのに。

温かい気持ちが、ほのかに胸に広がった。

「うん、そんな感じ」

「あ、やっぱり」

そう言って相楽くんは笑いながら、自分のテーブルの会話に戻っていく。

「栞里《しおり》を相楽派閥に引き入れるな！」「七村ちゃんはわたしが守る」……。

女子のみんなも口ではそう言っているものの、和《なご》やかな空気になっていて。

やっぱり不思議で、すごい人だ。

なんだか相楽《さがら》くんには——私が取り繕っていることも全部、見抜かれている気がした。

結局そのままのいい雰囲気でクラス会は終わり、私は家に帰った。

風呂上がり、自室のベッドの上。

私はスマホでSNSをひらいて、相楽くんとのまっさらなDM履歴を見つめていた。

一瞬、「さっきはありがとう」という文面が頭に浮かぶ。

でも、やっぱり送れないよな。

急にDMしたら変だし。

そう思って、結局私は画面をすぐに閉じた。

＊

年が明けて、学校が始まってから三日。私は自室でひとり悶えていた。

——明日なんか、来なければいいのに。

何度目か分からないそんな願いは、きっと神様に届くことはない。

明日になれば私は将来設計についてのスピーチを、それもトップバッターで発表しなければいけなくなる。

それは総合学習の一環で、自分の将来を具体的に考える練習としての機会らしい。最終的には中学校卒業後の進路も決めなきゃいけないから、そのための準備でもあるという。

冬休みの前から事前に告知されていたから、時間がなかったなんて言い訳も許されない。

「……まず、将来に好きなことをするには、選択肢を広げる必要があります。……それで。……あ、……はあ」

何度目か分からない、スピーチの練習をする。でも、その途中で頭の中が真っ白になって言うことが飛んでしまった。何十もの視線を一手に受けるあの瞬間を想像すると、とたんに何も言えなくなってしまう。

呼吸が浅くなって、何かが喉に詰まったみたいな声になって。

『練習時間のわりに難易度が高すぎるから、別の曲にしたほうがいいと思う』

あの小学五年生の教室の空気感が、その苦しさが、鮮明に蘇る。

まるで、胸の内側が真空になったみたいで。

人前で話すのがこわい。そして、その「こわい」が訪れる未来のことを考えると、私は明日という日が来ること自体がこわくなるようになってしまった。

いつまで引きずっているんだ。

みんな、小学生の頃とは比べ物にならないくらい遠くに行く。華やかな雰囲気をまとって、おしゃれをして、恋愛が具体的な現実の出来事になっていて。

それなのに、私は今もあの頃からなにも変われないでいる。

そのことが、寂しくて、ひどく惨《みじ》めで。

視界に映った部屋の隅に、小学生の頃から使っている勉強机がある。

引き出しには、昔好きだったキャラクターのシールが何枚も貼られている。

それを見て、私はひどく居心地の悪いものを感じた。

クラスメイトがつけていたネックレスの銀色を思い出す。

どうして、あんなに生きやすそうで楽しそうに人生を謳歌《おうか》している同級生がいる中で、私は相変わらず私を生きなきゃいけないんだろう？

不安で、宙に少しだけ浮いているみたいな感じがして。気持ち悪くて。

私は気付いたら、ＳＮＳの投稿画面を開いていた。画像中心のＳＮＳの、二十四時間で消える投稿。そこに、たった今接写した床の画像とともに、文字を打った。

《生きてるのに、生きてないみたい》

別にこんな気持ち、誰に知られたいわけでもないのに。それでも心の内側にとどめておけないのは、なぜなんだろう。

きっと、こんなのキャラじゃないし、笑われる。

でも、どうしてか今日は歯止めが効かなかった。

「……やっちゃった」

私は結局、最後まで「本当は投稿しないほうがいい」と思ったまま、その文言《もんごん》を投稿してしまった。

「栞里《しおり》ー、お風呂入りなー」

お母さんにせかされて、お風呂に入った。

湯船に浸かって、それから一度上がって髪を洗って、トリートメントをしようと思ったくらいで、私は強烈な後悔に襲われた。

――もし、あの投稿がきっかけで明日の学校で笑い者になったらどうしよう。

消したほうがいいかな。……いや、消さなきゃだめだ！

そう一度思ったら、不安は膨らむばかりだった。私は急いでトリートメントを終えて、雑に身体《からだ》を拭いて髪も乾かさないまま一度自分の部屋に戻った。

真っ先に、さっきの投稿を削除する。

作業を終えて、安心する。

と、同時に気付いた。

「……あ」

ＤＭの通知が一件、ＳＮＳに来ている。
どうしよう。
もしかして、というか、もしかしなくても、あの投稿についての反応だ。
唇がかすかに震えた。
あんな投稿さえしなければ……。
強烈な後悔が胸の裏側を上ってくる。
そのまま一分くらい、ずっと画面を切り替えられずにいた。
ＤＭを見たら、その反応がどんなものであれ確定してしまうから。
――こわい。
それでも、待っていても何も起こらないし、結局不安なままだ。
「よし」
私は意を決して、ＤＭの欄に画面を切り替える。
その一番上、新着メッセージの場所に表示されていたのは――。
「……え？」
相楽鈴真《さがらすずま》くんの名前だった。
つかみどころがなくて、ひそかに憧れを抱いていた、クラスメイトの男の子。
どうしてだろう。

何も解決していないのに、他のクラスメイトからあの投稿について何か言われてしまうよりは、相楽くんに何か言われるほうが、まだマシな気がした。

相楽くんはきっと、人を悪意でバカにするようなことはしないと思ったから。

それでも、メッセージを確認するのが不安なことには変わりない。

とはいえ、ずっと確認しないわけにもいかないんだけど。

私は一分ほど悶えた後で、恐る恐るメッセージをタップした。

《七村《ななむら》も、こわくなったりするんだね》

それは、どこまでも簡素なメッセージだった。

少なくとも、初対面同然の相手に初めて送るＤＭとはとても思えなくて。

……なのに。

「こわくなったり、するんだね……って」

私はその文面から目が離せなかった。

だって――私はあの投稿に、一度も「こわい」という言葉を使わなかった。それはいつも私が心の中で自分の気持ちを整理する時に使う言葉で、間違っても人に言ったりはしない。

もしかして、相楽くんは私のあの投稿を見て、その奥に隠した「こわい」という漠然とした気持ちを汲んでくれたのだろうか？

それとも、考えすぎ？

　何色もの感情で、胸がざわついている。

《一緒にこわがってくれる人、探してた》

そのＤＭに続けるように、今度はそう来た。

……もしかして、私のこと、励まそうとしてくれてる？

少なくとも悪意はやっぱりないみたいだ。ひとまず、そのことにほっとする。

それにしても、メッセージだけで、あの相楽《さがら》くんの声で喋《しゃべ》っているのが想像できる。

本当にイメージどおり変な男の子だな、と思った。

でも、不思議と嫌な感じはしなくて、言葉がすっと心に入り込んでくる。

私は同時に、あのクラス会の一幕を思い出す。相楽くんは独特の言葉で場を和《なご》ませながら、友達でもなんでもない私をそっとフォローしてくれた。

そんな彼からの、突然のメッセージ。

返信、どうしよう。

本当は、「大丈夫！　心配させちゃってごめん」とひと言送るだけでいいのだろう。少なくとも、それでやりとりを終わらせることができる。
でも、私はなぜか不思議とそれができなかった。これで終わってしまうのが寂しいような、もどかしい感覚に苛まれてしまった。
《でも、相楽くんはこわいものないでしょ？》
私は試しに、そう返信してみた。
あんなに自分らしく生きる相楽くんがこわがっているのは、あんまり想像できないし。
二分ぐらいして、返信が来た。
《そんなことないよ。こわいものだらけ。テストとか、お化けとか、友達の友達とか》
《だから、一緒にこわい話、してくれないかな》
相楽くんの声で再生されるそのＤＭの文面は、ちょっとだけ切実な響きを孕《はら》んでいた。
《なんだそれ。べつにいいけどさ》

結局、私は気まぐれに、相楽《さがら》くんとのDMをしばらく続けた。

うちのクラスの話。相楽くんの部活の顧問《こもん》がめちゃくちゃこわい話。次のテストの話。

私は相楽くんの前で自分の話をする勇気は出なかったけど、それでも相楽くんとDMのやりとりをするのは不思議と心地よかった。今までほとんど話したことがなかったはずなのに、まるで私の触れられたくない部分と聞きたくない話を全部察するみたいに。

彼は軽やかに、話題と話題の間を渡っていく。

《そういえば七村《ななむら》とは、クラス会の時もあんま話せなかったよね》

《そうだね。相楽くん、同じテーブルじゃなかったし》

《うちの男子連中、いつもだいぶうるさいけど、七村からはどんなふうに見えてるの？》

《私はあんまり話したことないけど、賑やかだなあ、って思うよ》

《オブラートに包んでくれてありがとう》

《いや、素直な感想です……！》

どこまでも自然で、話しやすくて、心地よくて。

《そっか。クラス会の終盤みたいに、たまにあるああいうノリは、俺は正直微妙だとは思うん

だけどさ。なんか言ったら空気悪くなるかもだし、なかなか難しいよね》
《あー、そうだね……。まあでも、どこのクラスもあんな感じなんじゃないかな》
《七村はちゃんと参加しないで、すごいなって思った》
《あの時、フォローしてくれてありがとね》
《フォローって、なんの話？》
《ピンと来ないなら大丈夫です》
《実はピンと来てる》
《来てるのかよ》

私はいつの間にか、彼とのやりとりを純粋に楽しんでいた。
――ああ、本当にすごい人だな。
そう思いながらＤＭをしていたら、いつの間にか夜は更けていて。
……そろそろ寝なきゃな。
私が時刻を確認して、そう思ったとき。
《よければ、ちょっと通話とか付き合ってほしいんだけど、だめかな》

そう、返信が来た。

心臓が跳ねる。

今まで、夜中に男の子と電話するなんて一度もしたことがない。だから、戸惑ってしまう。

《ちょっとだけなら、ぜひ》

私は結局、そう送った。

送った瞬間、緊張が胸のあたりから全身に一瞬で広がっていく。

何かを考える暇もなく、スマホは震える。

イヤホンを繋《つな》げて、着信音を三回ほど見送った後で、私はおずおずと電話に出た。

『もしもし』

相楽《さがら》くんの声が、私の耳元で鳴っている。

角《かど》のない、優しくて、それなのに遠くまで浸透していきそうな不思議な声。

「もしも――」

少し声が上ずってしまって、私は控えめに咳払いをした。

「もしもし」

『七村《ななむら》』

「……うん」

『はじめまして』

「いや、クラス同じじゃん」

ついい、私は話の流れでツッコむみたいなことを言ってしまった。キャラじゃないし、ほぼ初めて話すのに。

『でも、やっぱりはじめましてだよ』

そんな私の反省も知らずに、相楽くんはくすくす笑いながら言った。

その間のとり方が他のクラスメイトたちよりほんの少しだけスローで、安心して、気付いた時には緊張はちょっとずつ和らいでいた。

「なんか、変な感じ。相楽くんと通話してるなんて」

『俺も』

五秒ほど、無言の時間があって。

『投稿、見たよ。……意外だった』

相楽くんは、少しだけ迷うように、そう切り出した。

相楽くんから見て、私はどんな人に見えているんだろうか。

「あれ、投稿するつもりじゃなかったからすぐ消した。……いや、恥ずかしいねなんか」

『そうかな。俺は嬉《うれ》しかったし、ほっとした』

「ほっとした……?」

『七村《ななむら》もこわくなるなら、俺もこわいままでいいかなって思った』

呟《つぶや》くみたいに、相楽《さがら》くんはそう言った。直接相楽くんの声で「こわい」という単語を聞くと、やっぱり不思議だった。いつも教室で自分の世界に周りを引き込んでいる相楽くんと、「こわい」は、どうしても上手く結びつかない。

「私、相楽くんがこわがってるの、ちょっと想像できないかも」

『俺が上手くやってるから?』

「自覚あるのかよ」

『うん、ある』

相楽くんは、くすぐったそうに笑いながら言って。

『あるけど、こわいよ。いろんなことが』

そう続けた。さっき想像で再生したような、切実な響きがそこにはあった。

……相楽くんも、本当に私みたいに不安になったりするのかな。

そうだったら、いいな。

「そっか。じゃあ信じるね」

『七村は、何が不安?』

「……そう言われるとむずかしいな。……たとえば、明日のスピーチとか?」

『あー、たしかに緊張するしね』

「内容とんだらおしまいだよ、ほんと」

私が深刻にならないように笑いながら言うと、相楽くんは少し考え込んで、それから真面目な声で言った。

『じゃあ、七村がもし内容とんだら、俺のほう見てよ』

「え？」

『スピーチ中でも、ちらっとくらいなら見れるでしょ？』

「見たら、どうなるの？」

『気休めの笑顔あげる』

「……役に立たなそうだなー」

そう口では茶化しつつ、私はなんだか胸のあたりがじんわり温まっていくのを感じていた。

気休めの笑顔が要るかはともかくとして、相楽くんがそう言ってくれるのが心強くて。

ほんの一瞬、明日だってなんとかなるかもしれないと思っている自分を見つけた。

だから。

「でも、ありがとう。いざとなったら、席のほう見るね」

『わかった。準備しておく』

時間を見ると、いつの間にかとっくに日付は変わっていて、通話時間は一時間を超えていた。

夜中まで男子と通話なんて……なんだか、自分じゃないみたい。

でも、悪い気分じゃなかった。


翌日、結局私がスピーチの内容をとばすことはなかった。

でも、なんとなく気になって、スピーチを締める前にちらりと相楽《さがら》くんの席を見た。

彼はまるで、仏のような柔和な笑みを浮かべていた。

……それほぼ変顔じゃんか。

おかげで、一瞬締めの言葉が飛びそうになった。

私と相楽くんの出会いは、だいたいそんな感じだ。

そして、スピーチが終わってからも、私たちは「こわい」の話をするという名目で、時々通話をするようになる。

*

それから季節はいくつも移ろい、私は中学三年生になった。

教室の窓から見下ろすグラウンド。三年生のクラスから見えるのは、秋になるとばらばらに色づき始めるあの木ではなくて、立派な桜の木だった。

脇に植えられた桜は、少し前まで華々しく咲き誇っていたはずなのに、今はもう葉桜になってしまっている。

受験。卒業。お別れ。

風景に重なって色んな言葉がちらつくけれど、なんだかまだ現実感はなくて。

「でも杉浦《すぎうら》センパイ人気あるからな～」

「いけるいける、美奈《みな》ならいけるって」

「心にもないことを言うなよー」

「でも、好きなら伝えるしかないでしょ」

そんな昼休み。お弁当を食べ終えた私は、いつも一緒にいる女子グループで雑談をしていた。

最近、うちのグループでは好きなものや好きな人の話になることが多い。女子中学生としては当たり前のことなのかもしれないけれど、私はいつもそういう話になると、一歩引いたところから見てしまう癖がある。

「楓音《かのん》は相変わらず？」

「でももう一人推しちゃん増えて困ってるよ～。最近はＤＡＱのサファくんがラブで……」

「相変わらずだ！」

好き。

私はその言葉を、本当の意味では分かっていないのだろう。

好きな異性やアイドルを夢中で追うよりも、どちらかといえば現実のことを考えていたい。不確かなことを求めるよりも、確かなことに時間を使いたい。

だって……そっちのほうが、ちょっとでも安心できる気がするから。

「そーいえば、栞里《しおり》は？」

「え？」

突然美奈《みな》に話を振られて、私はうろたえた。

「いや、よく考えたらあたし、栞里の好きな人とか全然知らないなって」

「わかる。なんか一歩引いてるっていうか。うちらで遊ぼうってなっても、栞里たまにしか来てくれないし」

なんだかまずい話の流れになっている気がする。なんとか、乗り切らなきゃ。

「そんなことないよ？」

私は頭をフル回転させて、できるだけ角《かど》の立たない言葉を探した。

「私、好きな人とか、たぶんあんまりよくわかってないんだよね。あ、ほら！　結構普段の生活とか勉強とかで精一杯っていうか……」

そう語りながら、私は無意識にここにいる全員分の目の色や表情を伺《うかが》っている自分に気付いた。いつもそうだ。私はみんなが不快にならないように、雰囲気を壊さないように、そればかり考えている。そして、そんな自分が全然好きじゃない。

「栞里って大人っていうか、現実主義？　って感じだよね」

「わかる」

それっきり、また会話はとめどなく流れていく。

私の足りない部分を好意的に解釈してくれて、そのことには少しほっとしていた。

でも――本当は私が一番わかっている。私という人間が大人なんかじゃ全くなくて、ただ不安なだけだって。みんなのほうが、よっぽど進んだ場所にいるって。

私はそれからも、みんなの話に相槌《あいづち》を打ちながら、大人になることについて考えていた。

私だけが、ひとり置いて行かれているような感覚。

それから、しばらくして頭に浮かんできたのは、なぜか相楽《さがら》くんの顔だった。

どこか遠くを見つめているような、他の男子とは違ってつかみどころのないあの感じ。柔らかく響く声。

大人の定義なんて私にはわからないけれど、相楽くんはなんというか、中学生にしてはすごく大人びている気がする。

そんな相楽くんと時々通話するようになってから、一年とちょっと。

私は六時間後に訪れる「はじめて」に思いをはせる。

『七村《ななむら》さえよければ、明日の夜とかちょっと会って話したい』

今日の夜七時。家の近くの公園で、私は相楽くんと会うことになった。

当然、変にからかわれたくないからみんなには内緒だ。

『なんか、電話だとちょっと話しにくいんだ』

私をわざわざ現実で誘ってまで、相楽《さがら》くんはいったいどんな話をしたいのだろう。

いくら考えても、想像がつかなかった。

*

ちょっと、クラスメイトと準備しなきゃいけないことがあって。十時までには帰るから。

お母さんにつく嘘は、ちょっとだけ後ろめたくて、でも同時に胸が高鳴ってもいた。

男の子と会うんだ、なんてとてもじゃないけど素直に伝えられないし。

相楽くんと二人の安心する時間。

実際に会って話すことで、いつもの通話よりも、それが私の現実に直接現れるような気がして、昨日から地に足がついていないような感覚がある。

普段は、どうやってその場を無難に乗り切るかだけを考えて過ごしている。

そんないつもの不安な心の状態とは、明確に違う。

相楽くんの前では、何を話しても「失敗」にならない。ずっと通話を重ねたからか、今となってはそういう安心感があって。

でも、一方で初めて通話した時から、他の人と話す時とは全然違う心持ちで彼と話していた気もする。

相楽くんの前では、不安の足音が遠のく。

日も暮れた六時四十五分。私は彼の部活終わりに合わせて、そそくさと家を出た。公園は家から三分くらい歩けばつく。でも、なんとなく先に行って彼を待っていたかった。

結局私は十分以上前についてしまって、公園の中をただ歩き回ることになった。

「あ、七村《ななむら》」

私が公園を一周したくらいで、少し離れた位置から声がした。

聞きなれた、男の子の角《かど》のない声。

振り返る。

「……部活、お疲れさま。相楽くん」

そこには予想どおり、部活着姿の相楽くんが立っていた。

「ごめん、遅くなって」

「ううん。まだ待ち合わせ前だし」

私がそう言うと、相楽くんは力の抜けた笑みを浮かべた。

なんだか、二人だけの秘密を共有しているような、そんな優越感と後ろめたさと。

そのまま彼は近くにあったベンチのほうに歩いていき、迷いなく腰をおろした。

「七村《ななむら》は座らないの？」

そう訊《き》かれたから、私も座ろうとして、その位置に迷った。

こういう場合は彼の隣に座るものなんだろうけど、相楽《さがら》くんとはよく電話をするだけで現実で喋《しゃべ》ったりはあまりしないから、どういう距離感なのか測りかねる。

「じゃあ……座らせて、いただきます」

「敬語だ」

結局、私は相楽くんと少しだけ距離の空いた位置に腰をおろした。

二人横並びで座って、しばらく春の公園を眺めていた。

散った花びらが端のほうに寄せられていて、砂場にはネットがかかっている。あれだけ冬の夜は寒かったのに、少し経てばこんなに居心地の良い温度感になって。

そういう変化に時の流れを感じて、同時に、来年の今頃になれば私はもう中学を卒業しているんだなと思った。

「門限ヤバい！」「俺も！」

遠くで、小学生くらいの男の子たちの無邪気な声が聞こえる。

きっと、あの子たちの門限は七時くらいなんだろう。

それなのに……私はここで静まり返った公園を眺めている。

ベンチの冷たさが服越しに伝わってくる。

——私たちにはいつまで子供でいられる権利があって、いつそれを失うんだろう？

その答えを、私は知らない気がした。

「急に会って話したいとか言って、ごめん」

「ううん、大丈夫。私も……あんまり、忙しいタイプじゃないから」

「そう言ってもらえると助かる」

ふと、その横顔を盗み見る。……本当に、綺麗《きれい》な造りをしている。

「あと……はい、これ」

「これ……どら焼き？」

「七村にもいっこあげる」

それから流れるような手付きで、相楽くんは自分のリュックから何かを取り出し、私に手渡してくれた。パッケージを見る。これは……きなこもちどら焼き？

「それ、コンビニ限定のやつなんだけど、こないだ食べたらすごいおいしくてさ。まあ、わざわざ呼び出したの許して代として収めといてよ」

「呼び出したのはいいけど……でも、ありがとう。もらうね」

それから、私たちは早速二人してきなこもちどら焼きを食べた。お餅《もち》の食感と生地、そして黒蜜の風味が全部完璧に調和していて、幸せな気分になった。

「おいしい。これ、おいしいね」

「よかった」

そう言って、相楽《さがら》くんは顔をほころばせる。

些細《ささい》なことでも、それを共有できる相手がいるのが心地よくて。

そういえば――こんな気持ちになったのは、いつ以来だろうか。

それから、少し間があって、相楽くんのほうから切り出した。

「それで、七村《ななむら》は最近どう？　こわいこととか」

「私は……まあ、わりといつもどおりかな。なんか、でもさ」

「うん」

「いつまでこうして誰かの顔色窺《うかが》っていればいいのかなー、って未来のこと考えると、なんか気が遠くなっちゃうよ」

私は目線を遠くに投げて、そう言った。

視界には、子供のために作られたいくつもの遊具があった。

滑り台と揺れる橋や雲梯《うんてい》が一体になった複合遊具。二台並んだブランコ。ヒツジやゾウをかたどった、またがって揺れるためのあれ。

きっと、中学生になった私がこれから純粋にここで遊ぶことはない。何かの機会にあったとしても、それは中学生が小さい子たちの遊び場を借りてやる何かになる。

そう考えたら、不意にこわくなった。

だって……私は小学五年生のあの頃から、中身は少しも成長できてないのに。

それなのに、身体《からだ》ばっかり世界のスピードに合わせて大人になっていって。

これから私は、どうやって生きていくんだろう――――。

「すごくわかるよ。同じことを一回二回やったり、一日とか一週間ならなんでもないようなことでも、それが一年とか十年続くって考えると本当におそろしくなる」

「そう。この前クラス替えあったでしょ？　仲良くなったのにクラス替え嫌だって言う子もいるけど、私、正直一年に一回クラス替えがあってほっとしてる部分もあるんだ」

「まあ、人間関係が一年に一度入れ替わるって思ったら、ある程度の失敗は許される気がするしね。七村は、いつも失敗しないように気を張ってるから」

「なんか……おかしいよね。私、不安がりなのに。普通に同じことの繰り返しのほうが不安じゃないはずなのにさ」

「おかしくはないと思うよ。俺も、この時間が続いたほうが楽だなって思う時もあれば、ずっとはキツいなって思うこともある」

そう言って、相楽くんは笑った。

誰にも打ち明けたことのない話を、相楽くんの前では簡単に話してしまう。

私たちはこの一年で、そういう間柄になっていた。

それは、お互いにきっと会話のリズムが合って、相手を否定もしなくて、その上でちょっとずつちょっとずつ、互いに自分のことを打ち明けられた結果の今なんだと思う。

私は誰かといて気が休まることが、基本的にない。

常に、うっすらと気を張っている気がする。

でも、相楽《さがら》くんの前でだけはそれがなかった。相楽くんは人を傷つけるようなことを言わないという安心感があったから、私は限りなく素に近い自分のまま彼と関わることができて。

だから、二人で「こわい」を共有するあの時間は、私にとってかけがえのない唯一の安全な場所なんだ。

「なんか」

相楽くんは、ぽつりと呟《つぶや》く。

「七村《ななむら》が、もうちょっと生きやすい世界になればいいのに」

「話が世界規模になったね」

「七村は何も悪くないから」

相楽くんは、自分だけの世界の見方を持っていて。

私は相楽くんのこういうところに実のところ救われている。

相楽くんは、基本的に私の悩みに対して処方箋《しょほうせん》をくれることはない。でも、私の話を遮らずに聞いてくれる。

私の言ったことに対して、否定をせずに寄り添ってくれて、その上でちょっとだけ勇気づけてくれる。

いつも、相楽くんとの時間は他の誰と過ごすよりも居心地がよくて。

いつからか、私はそんな時間を軸に生活を組み立てている自分に気づいていた。

「なんか、実際に会って話すと新鮮だね。私も相楽くんのこわい話、聞くよ」

私はそれとなく、「こわい」のターンを彼に渡す。

彼はひとしきり考え込んだ後で、遠くを見つめながら口を開いた。

「俺も、いつもとあんまり考えてること変わんないよ」

「うん、それでもいいよ」

相楽くんがしてくれるように、私はできる限り彼の言葉を聞き返さず、言葉をそのまま受け止めるようにすると決めていた。

相楽くんは私の相槌《あいづち》に安心したように、続ける。

「俺さ。新しいクラスでもやっぱり、みんなが自分に求めてることばっかり考えてる」

「うん」

「きっと、半分くらいは俺の勘違いなんだろうけどさ。それでも、やっぱり友達の期待してることとか、俺に求めてるキャラとか振る舞いとか、見える気がするんだ」

彼は何かを恐れるみたいな口調で、言葉を零《こぼ》す。

「俺はそうするしかないんだ。三年のクラスの男子みんな、なんでもぶっちゃけて話そうぜ、俺たち仲間だろ、みたいな空気でさ。本音が求められてるっていうか」

相楽《さがら》くんは、今日も教室よりも少しだけ陰のあるトーンで話す。

相楽くんと通話するようになってから、彼のイメージはだいぶ変わった。

周囲ぜんぶを言葉ひとつで、簡単に自分の世界に引きこんでしまう魔法使い。

自分とは少しも重なるところのない、雲の上の人。

私が当初彼に抱いていたイメージは、大体そういうものだった。

でも。

話しながら距離を縮めて、ちょっとずつ彼を知っていって、今ならわかる。

相楽くんは、思ったよりも等身大の悩みを抱えた中学生だった。

人よりも、ほんのちょっと器用なだけで。

でも、その器用さが相楽くんを苦しめていることを知った。

相楽くんは、常に人に期待されることに応えようと必死で、真剣だ。友達が自分に持っているイメージみたいなものを崩さないように振る舞っている。

人の期待を裏切ることに、怯えている。

「それは悪いことじゃないんだけど、なんていうかな……やっぱり俺は人がどう思ってるかのほうが考えちゃうから、結構今のクラス、難しいんだよね」

「……相楽くんは、自分の本音が人の期待を裏切ったらって考えると、こわくなる?」

「そう。そうなんだ」

相楽くんは安心したような顔で、何度も頷《うなず》いた。

私は、常に人を不快にさせないように、顔色を窺《うかが》って生きている。

相楽くんは私よりずっと上手に人間関係をこなすけど、もしかしたら、芯の部分では私と似たところが少しあるのかもしれない。

「でも、そうやって生きてくのは苦しいし、こわい。あと何十年同じことを繰り返すって思うと、なんていうかな……」

「うん。こわくなるよね」

私はきっと、相楽くんが抱えているものの半分も理解できていないのだろう。

それでも、どこかでは彼の「こわい」と私の「こわい」が重なって共鳴している部分がある気がして。それが、少し嬉《うれ》しい。

「でも、どうしようもないんだよな」

「そうだね」

「……でも、こうやって話したら、やっぱりちょっと楽になるんだ。だから」

不意に、相楽くんは私のほうを見つめて。

「七村《ななむら》、ありがとう」

私はなんだか顔が熱くなって、その目をまともに見られなかった。

クラスの中心でひとりだけ自分の世界を持っている相楽《さがら》くんが、私のことを一人の仲間として認めてくれている。そのことが単純に嬉《うれ》しくて、心の裏側がくすぐったかった。

「ねえ、七村《ななむら》」

「なに?」

「俺、今日限りなの、やだな」

唐突に、相楽くんはそう切り出した。

「七村と面と向かって『こわい』の話するの、たぶん、今の俺に必要な時間でさ」

「……うん」

「だから、さ」

一度言葉を区切って、それから私のほうを見て。

「七村さえ迷惑じゃなければなんだけど。時々、こういう時間作ってくれないかな」

相楽くんはそう言った。

私は言葉を思いつくよりも先に、身体《からだ》の中がじんわり熱を持つのを感じていて。

「私も、たぶん必要」

ようやく絞り出した言葉。

相楽くんは、やっぱり安心したように笑った。

春の夜は少しずつ更けていく。それでも、私たちはその後もずっと、満足するまでお互いの

「こわい」を交換し続けた。

＊

実際に会うと距離感が縮まるらしい。

「苗字《みようじ》呼び同士だと、他人行儀で、大事なことも話せなくなりそう」

彼の流れるような提案で、いつの間にか、お互いの呼び名も苗字から名前に変わっていったりして。

栞里《しおり》。鈴真《すずま》。

そう呼び合うのは正直、未だにちょっと慣れなくてどきどきする。

秘密の人生作戦会議は、毎週金曜日の夜にどちらからともなく開かれた。

場所は決まって、夜のあの公園。

最初に、相楽くんがいつも買ってきてくれるきなこもちどら焼きを二人で食べる。

それから、するのはお互いの近況報告やこわいの話。

それすら話し尽くしたら、後はとりとめのない人生の話や過去の話をした。

ある時は人生作戦会議らしく、公園の常夜灯の真下で、コミュニケーションや人間関係のハウツー本を二人で声に出して読んでみたりもした。

私は偶然書店で『人間関係の悩みの九割は杞憂《きゆう》』というタイトルの本を見つけて、いつも器用なくせに悩んでいる鈴真《すずま》の力になるかもと思って買っていった。すると、偶然その日に鈴真も似たようなハウツー本を私に買ってきていて、二人で一緒に読むことになった。

それぞれの本の内容はどれも根性論がほとんどで、二人して呆れながら読み進めて。

でも、その本の最後のページには、こう書いてあった。

『自分を偽らず、相手のことをちゃんと見て、その場を楽しむこと。自分のことをちゃんと想ってくれて、自分から想いやりたいと思える相手を見つけること。いつか、あなたが心を許せる居場所ができますように』

それを読んで、私は思わず鈴真のことを見た。

鈴真も同じように私を見ていて、目が合った。

少しの間見つめ合って——それから、私たちは同時に小さく笑った。

その瞬間は、私の心の奥深くに焼き付いて、きっと一生消えないだろう。

——居場所ならもうあるじゃん。

最後まで私たちがそう言葉にすることはなかったけど。

私はその瞬間に、居場所というものの意味を理解した。

「こわくなっても、卒業したら鈴真と会えなくなるんだな……」

「栞里《しおり》がこわくなったら、いつでも呼んでよ」

回を重ねれば重ねるほど、私の中に占めるあの時間の大きさは日に日に増していく。

薄暗いベンチに、二人。

特別だった時間は当たり前の日常になって、いざそれなしの日々を考えようとしても想像が難しいくらいになっていって。

私はずっと明日がこわくて、人と関わり続けるのがこわくて、そういうこわさを全部鈴真に聞いてもらうことで、ちょうど差し引きゼロで私の世界は回っていた。

彼にとってもそれは同じならいいな、と思いつつ、やっぱりあの時間をこんなに大切に思っているのは私のほうだけだよな、とも思ってしまう。

だって――本来、鈴真と私の住む世界は違うのだ。

クラスの空気を読んで無難な会話をすることで精一杯の私と違って、彼はクラスの中心で一軍の男子たちと笑い合っている。自分の世界に引き寄せるみたいにして。ペアを作る時や班決めなんかでも、自分が余ったらどうしよう、なんてこと考えたこともないだろう。

もちろん、鈴真が本当はすごく悩みながら生きていることを、今の私は知っている。

でも。

目線を、遊具の向こうに向ける。

煌々《こうこう》と照る常夜灯の白色が垂れて、真下に光を落としている。

その僅かな範囲だけ、夜闇を淡く溶かすように。

明るいところと暗いところ。

その二つを、光のぼやけた輪郭線が分けている。

私たちは今、二人並んでベンチの上に座って、薄暗い場所で息をしているけれど。

本当は——この時間だけ、鈴真《すずま》がその線を踏み越えてこちら側に来てくれるだけなのだ。

彼は本来、私みたいな不器用な人間じゃない。もっと器用で、軽やかに生きられる。

あの常夜灯の下で、悠々と。

そう考えると、もどかしくて、少し寂しくなる。

本当の彼を知っているのは私だけだという独占欲にも似た気持ちと、私は彼と並び立てるような人じゃないという劣等感と。

だから、普段はあまりそういうことは考えないようにしていた。

「俺さ、このままこういうふうに生きていったらいつか、みんなの期待に応えきれるのかな」

その日は公園から月がくっきりと綺麗《きれい》に見えていて、鈴真はそれを瞳に収めながら呟《つぶや》いた。

声は、すこし震えていた。

「鈴真はさ」

私は彼の話に頭を巡らせて、それから確かめるように口を開く。

「いつも、みんなの目に怯えてるみたいに見える」

私は思わず口を開いた。鈴真が、あまりに苦しそうで。

「それがどうってことじゃなくて、ほら、私もそうだからさ?」

「うん」

「だから……大丈夫、だよ」

私は結局大事なことは何も言ってあげられない。だから、気休めを口にした。

それなのに、鈴真は――なぜか、泣きそうなほど瞳を見張っていた。

「ありがとう」

「何もしてないよ、してくれてるのはいつも鈴真」

「そんなこと」

なんとなく、今な気がした。

それは、私がずっと彼に訊《き》いてみたくて、だけどこわくて訊けずにいたこと。

「鈴真はさ、なんで私といてくれるの?」

「……え?」

言っていて、やっぱりやめとけばよかったかなって後悔する。

それでも、もう引き返せないと思ったから。

「鈴真は確かにこわがりだけど、私よりずっとうまくやれる人じゃん。それなのに、私のそばにいてくれて、……ずっと、なんでなのかなって思ってた。もしかして、人目を気にする私が、自分と重なるから……とか?」

目は、見られなかった。

十秒ほどの長い沈黙。その後で、彼は言った。

「半分そうだけど、半分違う」

「……どういうこと?」

私を含めた世界全体に語りかけるみたいにして、鈴真《すずま》は話を続ける。

「人の目を気にするのは、どんな理由であっても、人のことを考えてるってことだよ」

「……」

「人の見ている世界に優劣なんてないのにさ。みんな、自分のほうが優れてるって思ってたり、人の見てるものに優劣つけたがったりする。でも、栞里《しおり》はそういうことに慎重だった」

私はあのクラス会で、人の発言を笑っていたクラスメイトたちの姿を思い出す。

「人目を気にして、人のことを考えて、時には考えすぎちゃうことって、きっと相手の世界を傷つけずに尊重して、守ろうとすることなんだと思う」

「……大げさだなあ」

「そうかな。でも俺は、そういう人といるほうが安心する」

鈴真は遠くを見つめて、下唇を噛む。

心が芯からじんわりと温められていく。

鈴真は、思っていたよりもずっと私のことを見てくれていて。

私に少しくらい、執着してくれているのかもしれない。

あの日からずっと、人目を気にしてしまう自分が大嫌いだ。それ自体は、きっとこれからも変わらないけど。今、この一瞬だけは。

「ねえ、鈴真」

「ん？」

「私、今さ」

私は素直な気持ちを口にしてみたくなって、心の鍵を解いた。

「久しぶりに、自分のこと悪くないって思えたかも」

＊

季節はまたあっという間に移り変わって、冬がやってきた。今年は例年より気温が低いらしい。受験生としては、いよいよ大詰めの時期。

そして――中学卒業を間近に控えた、この学校のメンツで過ごす最後の時間でもあって。

部活もやっていないし、人に誇れるような思い出も大して作れなかったかもしれないけれど。

それでも……この物寂しさはなんだろう。

私はそういう感情を一旦隅に置いて、目の前の問題集と向き合う。

でも、中々集中できなくて。

「受験、こわいな……」

「俺もこわい」

「家族とかも、私の受験のために気遣ってくれたり、塾のお金出してくれたりしてるしさ。先生も友達も、みんな協力してくれるし」

「だから、自分がそれを台無しにするのがこわい？」

「うん。……鈴真《すずま》も、そういうこと考える？」

「考えるよ。すごい考える」

その日、私は向かいの席の鈴真と一緒に、ファストフード店の二階で受験勉強に勤しんでいた。今解いているのは、数学の公立入試対策だ。鈴真は、私のものより数段階難しそうなものをすらすら解いている。

当たり前だけど、私と鈴真は学力も違ければ、志望校だって別々で。

——あと三か月もすれば、一緒にはいられなくなるんだ。

私たちはさっきまで、お互いの過去問集を交換して、それぞれの得意科目を解いていた。

「試験会場で栞里《しおり》のことを思い出したい」という鈴真の要望だ。お互いの字を直接書き込みながら解いて、それからまた元の持ち主に戻す。おまじないみたいなものだろう。

鈴真は数学を解き終わった後も、私の問題集に何やらずっと書き込んでいた。何を書いているのか尋ねたら「本番まで見ちゃだめ」と言われたので、私は素直にそうしようと思った。

「ねえ、琹里」

「……どうしたの、ニヤニヤして」

「え、やば、顔に出てたか」

休憩時間中、正面に座る鈴真はなんだか楽しそうな顔をしていた。

鈴真がそんな表情を見せるのは珍しくて、私はそんな顔をさせたものの正体が気になった。

「これ、見てよ」

鈴真はそう言うと、スマートフォンの画面をこちらに見せてきた。

「灯籠《とうろう》……流し？」

あまり普段目にしない文字列に私が頭を疑問符で埋めていると、鈴真はなにやら得意げな顔をした。

「そう！　なんかさ、ぶわ――って、灯籠が流れてくらしいんだ」

「……へえ」

「あ、動画じゃ全然伝わらないらしいんだけど、とりあえずここに動画埋め込んであって……」

鈴真は焦ったような手付きで、そのホームページに埋め込まれた動画を再生した。

「……うわ、すご」

私はその動画の中の景色に、目を奪われた。

柔らかい光たちが、水の上で揺られながら流れていく。まるで、絵本の世界みたいで。

「普通は夏のお盆期間とかにやるものなんだけど、ここだけは冬にやるんだ」

「あ、開催されるの、ちょうどもうすぐなんだね」

「栞里《しおり》と一緒に行けないかなって」

だから、そう言われて、私は驚いた。

「これ、日本なの？」

「ふっ、そりゃ日本だよ。ホームページ日本語だし」

「あ、そっか」

私は鈴真《すずま》からスマホを受け取って、ホームページを見る。

本来、夏に行われることが多い灯籠流《とうろう》しは、死者の魂を弔い、祈りを捧げるためのものらしい。

でも、鈴真の見せてくれた珍しい真冬の灯籠流しは、年末に行われていることも関係してか「自分の大切な人の、今年一年を含めた全ての過去に祈りを捧げる」イベントなのだという。

……鈴真は本当に、こんな幻想的な場所に私と二人で行きたいんだろうか。

そして、それはどんな意味合いを持つのだろうか。

「栞里……どうかな？」

私は不安そうに目を泳がせる鈴真を安心させたくて、二回大げさに頷《うなず》いてみせた。

「行くよ。行きたい」

その時の鈴真の、子供みたいな笑顔はずっと忘れられない。

＊

鈴真と行く予定の灯籠流しまで、あと一週間。

最近、よく考えることがある。相楽《さがら》鈴真という男の子は、クラスメイトたちの前とあの公園で私と二人きりの時で、まるで見せる顔が違う。

みんなの前では、一歩引きながらもノリがいい、つかみどころのない不思議なキャラで。

私の前では、普通に等身大の男の子で。

一体、どっちが本物の鈴真なんだろう？

いや、きっとそんな問いには意味なんかなくて、どちらも彼なことに変わりはない。

でも、時々私は無性に寂しくなる。

私の「こわい」と、鈴真の「こわい」は、全然別のものなんじゃないか。

彼がクラスメイトの華やかな女子をからかったり、男子たちの輪の中でみんなを笑わせているところを見ると、胸の端っこのほうがきゅっとする。この気持ちはなんだろう。

もし今私の前から鈴真が消えたら、私はきっと立ち直れない。生きていけない。

でも——。

そして私はその日の放課後、決定的な場面に遭遇してしまった。

その日、私は学校から帰る途中で、理科の問題集を机の中に忘れてしまったことに気づいた。別に置きっぱなしにしてもよかったけれど、土日の間にちょうど勉強したいところだったから、私は踵《きびす》を返して学校のほうへと戻った。

校門をくぐって、下駄箱で靴を履き替える。まだ部活生が大勢各々の練習に精を出していて、みんな六時間授業を受けた後でそこまでできるバイタリティがあってすごいな、なんて思う。

私と鈴真《すずま》のクラスは二階の端っこにある。私は階段を上がって突き当たりまで歩き、教室に入ろうとしたところで、教室の中から男子たちの声が聞こえた。

……鈴真もいる。

教室のドアは少しだけ空きっぱなしになっていて、中の声がよく聞こえてくる。ばれないように角度を調整しながら覗《のぞ》くと、教室の窓際後方のあたりに、四人の男子が固まって座っていた。一人は鈴真で、あとの三人はいつもクラスの中心にいる、私がちょっと苦手意識を持っている声の大きい男子たちだった。

「いや、俺もあるっつの悩みくらい！　ほら、あれ。公立入試の点数全然上がんなくてよ」

「わかるわー」

「お前も？」

「五教科合計二百点とか」

「いや俺よりひでえじゃん！」

爆笑が耳を突く。……しばらく、中には入れそうにない。

「その点鈴真は頭もいいしいいよなー。受験の悩みとかなさそう」

「そうそう。というかこいつ、色々考えてるように見えてほんとはなんも考えてないから！」

その時、話のパスが鈴真に振られた。

「失礼な」

鈴真はへらへら笑っている。

「なんかいつも深そうなこと言ってるけど、相楽《さがら》、本当はアホってこと？　だったらなんかショックだわ。相楽のキャラ、好きだったんだけどな」

「このクラスもみんなこいつに騙《だま》されてんだって」

私はなんだか落ち着かない心持ちで、その会話を盗み聞いていた。少しだけ、漠然と嫌な予感がして。

「いや、勝手に話進めんなよ。俺だって悩みも不安もあるよ。こわいことだらけ」

「こわい」という彼の口から出た単語を聞いて、胸の奥がざらっとした。

「こわいってなんだよ」

「いつもの鈴真《すずま》だろ。こいつ変なことしか言わねえから」

「でも、こわいって、何がこわいの?」

どうしてだろう。わけもわからず、目をつぶっている自分がいる。

――やめてよ。それ以上、やめて。

「そうだな」

聞きたくないのに、私はその場を動けなかった。

「今こうやって生きてる俺の前には、常に俺が生きるべき正解のルートを歩んでる入れ物みたいなのが先回りしててさ。だから、それに従うしかないんだけど。でもさ、やっぱり一生そうしなきゃって考えたら、こわくなるっていうか」

がりっと、心の一番やわい部分がえぐれた音がした。

呼吸が浅くなる。音が遠のく。

鈴真が男子たちの前で言ったことは――ちょうど、私の前だけで打ち明けてくれた「こわい」の話をちょっと迂遠《うえん》に表現したような内容だった。

二人だけの、誰にも明かせないはずの。

「なんだそれ！　ポエマーも極まってきたな！」

「ふはは、やっぱ鈴真って鈴真だわ。最高」

「真面目な話してるんだけどなあ」

大盛り上がりの男子たちの中で、鈴真もなんだかまんざらでもなさそうな顔をしていた。

ぷつん、と私を支えていた細い糸が切れて、私は動けなくなる。

「こわいっておもろいよな。鈴真って器用だから何があっても大丈夫だろうに」

「ま、こわ〜くなったらちゃんと俺たちに相談しろよ！」

「……さんきゅー」

そうして、男子たちの会話はまた次の話題に移っていった。

取り残されたのは、表情を保つのでやっとな私だけ。

「……なんだよ」

誰にも聞こえないように、呟《つぶや》いた。

「やっぱり、鈴真はぜんぜん大丈夫なんじゃんか」

ははは、と自嘲的に笑ってみた。そしたら、身体《からだ》が動くようになって。その代わりに、涙が急に涙腺を上がってきた。

気づいた時には、走り出していた。

全速力で、溢《あふ》れてくる涙も拭わないまま帰り道を走り抜けた。

ずっと、鈴真《すずま》と住む世界が違うことが寂しかった。
でも、あの時間だけは。
「こわい」だけは、私と鈴真二人だけのものだと思ってた。
そこで見せる鈴真の頼りなさげな表情が、本当の彼なんだと信じてた。
でも……ぜんぶ私の勘違いだったんだね。
鈴真にとっては、私との時間の価値なんて所詮そんなものだったんだ。
クラスメイト何人もの前で茶化して話せるくらいのものだったんだ。
私にとっては——鈴真しかいなかったのに。
……ばかみたいだ。
息が切れる。汗が滲《にじ》む。構わずに走る。

『やっぱり、鈴真の「こわい」と私の「こわい」は、全然違ったんだね』
最後にそのメッセージだけ送って、私はその日、彼と関わるのを一方的にやめた。
彼のほうもすぐに、連絡をしてこなくなった。
——疎遠になるのって、こんなにあっけないんだ。
それが私と鈴真の最後だった。

そして、私たちはそのまま中学校を卒業した――。

二章 高校一年生・春

落ちた桜の花びらたちが、グラウンドを彩っている。

浮ついたトーンの会話と、それに合わせた笑い声。

人間関係も立ち位置も、まだ何もかもが決まっていないから、春の教室はほんの少しだけ宙に浮かんでいるみたいだ。

私は居心地の悪さから目を逸らして、代わりに壁に張られた今月の予定表に目を留めた。

オリエンテーション。

ちょうど明日の日付の欄に、太文字でそう書かれている。

その詳細を知る前から、なんだか私が苦手そうな響きだなあ、なんて思っていたけど。いざ蓋を開けてみると内容は普通の遠足みたいなものらしく、やっぱり私は憂鬱《ゆううつ》な気分になった。

高校生活が始まって、二週間。

知り合いのいない四月の教室は酸素が薄くて、私は常に気を張っている。

「仮入部どこ行く？」

「軽音よくない？　なんかほどよく緩《ゆる》そうだし、青春って感じするじゃん！」

「じゃあうちもついてくー」

ひとつ隣の列の席を陣取って、女子三人グループが四月らしい会話に花を咲かせている。きっと、こうやってだんだん仲良しグループが固まっていって、あと一か月もすればこのクラスの「日常」の景色は完成してしまうのだろう。

それまでに、私だってどうにかしなきゃいけないんだけど……でも。

中学の頃はなかった、学校敷地内の自販機とか。

中学の頃より少し高くなった、教室にある机の背丈とか。

中学の頃のものより、少し硬くて冷たい響きのするチャイムとか。

そういう変化に触れるたびに、私はなんだかいたたまれない気持ちになる。

まるで、あたたかい私の居場所はもうないのだと主張されてるようで——。

「オリエンテーション楽しみだよね！」

「いやー、どうせちゃちい遠足だよ」

「公立高校の予算だしなー」

クラスメイトがいくつかのグループに分かれて、明日に迫ったオリエンテーションの話で盛り上がる中、私は自分の席でスマホゲームをしていた。

早く、私だって居場所を作らないといけないのに。

そんなことを考えていたら、胸の中で不安がぶくぶく膨れ上がってきた。

『やっぱり、鈴真《すずま》の「こわい」と私の「こわい」は、全然違ったんだね』

二年間で少しずつかけがえのないものになった私の居場所は、あの日、一日で消えた。

今でも、心の傷口がじんじん痛む。あの時の光景が焼き付いている。

もし、この高校で私が居場所づくりに成功したとして。

私はもう、その後で裏切られたときの痛みを知ってしまった。

これから三年間、ずっとこの場所で生きていくんだから、本当は今頑張らないとだめなんだけど。

でも、その居場所が大切になればなるほど、きっと失う痛みは大きくなる。

そのことを考えると、こわくてたまらない。

無理して大切な居場所を作るくらいなら、いっそ表面だけの付き合いで済ませるのも悪くないのかもしれない。元々人間関係が得意ではない私にとっては、そっちのほうが楽だろう。

『栞里《しおり》がこわくなったら、いつでも呼んでよ』

私の意思とは裏腹に、フラッシュバックしたのはあの優しい声だった。

心から安心できる場所が、今の私の生活にはどこにもない。

でも——かつてはあったのだ。

線の細い、綺麗《きれい》な作りの顔。

角《かど》のない、あたたかい声。

遠くを見るような目。

つかみどころのないようで、本当は切実な想いの詰まった言葉。

中学時代、鈴真《すずま》の前でだけは息ができた。私のままいられた。

あの公園にいるだけで、全部から守られたような気がしていた。

あの時間から遠ざかれば遠ざかるほど、私は唯一だったあの居場所が恋しくなるのを感じる。

——会いたい。

そんな想いが言葉になる前に、呑《の》み込んだ。

だって——あの日、一方的に切り捨てたのは私なのだから。

＊

その日の夜、私は家の自室でベッドにうつ伏せになりながら、明日のことを考えていた。

「……やだな」

明日の天気予報は快晴、絶好の行楽日和だった。

オリエンテーションの途中には、簡単な自己紹介ゲームが挟まれるらしい。私は不安をかき消すように、その場で話す内容を思い浮かべては、脳内で却下することを繰り返した。

時計を見る。二十三時四十分。明日が——朝が、着々と近づいている。

何度も似たような不安を乗り越えてきたはずなのに、まるでその度にリセットされてしまうかのように、私はいつも「明日」がこわくなる。本当に明日という一日をちゃんと乗り切れるのか、その先には明後日が続いているのか、そういうことから本気で信じがたくなる。

ああ、こわいな。

全部、心の整理ができていない私のせいなんだけど。

明日、こわいな。朝がこわい。

明日が来るのがこわい。

明日――――。


瞬間、視界が何も見えないほど眩《まぶ》しく光った。


「…………え?」

あれ?

これ、なんだ?

ここは、……どこだろう。

つい一瞬前まで、私はベッドの上で憂鬱《ゆううつ》な明日を待っていたはずなのに、今私の目の前に広がっているのは、自室とは全く別の景色で。

「……うそ」

――白黒の世界だ。

初めに思ったのは、そんなことだった。

そこは、私の自室より広い、見たことのない部屋のような空間だった。

壁紙も家具も全てが無彩色で構成されたその部屋には、色々なものが散乱していた。

部屋の中心にあるのは、二人掛けのソファー。

床のあちこちに積み上がった参考書の山。あの日鈴真《すずま》と交換して解いた、公立入試の過去問集が一番上に置かれている。

小学校と中学校、それぞれの卒業アルバム。これは、私が卒業した学校のもの？

友情ものの名作映画のＤＶＤ。私が好きな、何度も見返した洋画の作品だ。

その横には、話し方やコミュニケーション上達法のハウツー本。……間違いない。あの公園の常夜灯の下、私たち二人が声に出して読んだものだった。

床には、様々な合唱曲のＣＤたちが散乱している。ディスクに書かれているのは、知っている曲名ばかり。

明らかに私の記憶に結びついたものたちが、この部屋には溢《あふ》れていた。

「……夢？」

あんな一瞬で、私は眠り落ちてしまったのだろうか。

周囲を見渡す。部屋には、小さな扉がひとつ付いていた。

何もかも分からないけど、きっと外に出られるなら早く出たほうがいい。

私はそう思い立って、扉のほうへと歩いて行ってみる。

そして、そのドアノブを一度、回してみた。

「開かない……」

ドアノブは回らず、施錠されているようだった。どうやら、自力でこの部屋からは出られないみたいだ。

私は再び扉から離れて、今度は卒業アルバムの前にしゃがみ込んでみた。

カバーを外して、学校名を確認する。

……やっぱり私の卒業した学校の名前だ。もしかしてこれ、私のものだったりするのかな。

教室で気を張っていた中学時代の苦しさと、懐かしい居場所の匂いが、同時に訪れる。

寄せ書きのコーナーを確認すれば、自分のものかどうかわかるだろうか。

私はアルバムを両手に納めて、ページを開く——。


「栞里《しおり》」


「わ、……誰?」

瞬間、誰かに後ろから、聞き覚えのある声で名前を呼ばれた。

てっきり部屋には誰もいないと思ったから、私は反射で体勢を崩してしまう。

胸の鼓動が、はっきりとわかるくらい主張している。

柔らかくて、あたたかくて、切なくなるような。
そんな響きが、鼓膜《こまく》の奥に残り続ける。
息を止めた。
あの声は。
崩れた体勢のまま、私は恐る恐る後ろを振り返る——。
「……すず、ま？」
そこには、二度と会えないと思っていた人が、柔らかに微笑んでいた。
——鈴真《すずま》が、目の前に、いる。
中学校の制服を身にまとって、髪を丁寧にセットして。
一瞬、何かがこみ上げてきて、鼻の奥がつんとした。
私の居場所。
たった一つの安心できる居場所だった。
全部、失ってしまったはずで。
「いいリアクションだったね」
目の前で、楽しそうに微笑む鈴真。私のよく知っている表情。柔らかい空気。
「……なんで、いるの」
私は複雑な気持ちを抱えたまま、素直な疑問を口にした。

一瞬、沈黙があってから。

「ここが栞里《しおり》の部屋だからじゃない？」

鈴真《すずま》は角《かど》のない声で、つかみどころのないことを言った。

ああ、鈴真だ。私の知ってる鈴真がいる。

そういう感動がまず先にあって、それから遅れて鈴真の言った言葉が頭に入ってくる。

ここが私の部屋？

どう見ても、私の自室とは違う場所に見えるけど。

「ここは、夢の中なの？」

私は鈴真に聞いたら分かるのではないかと思い、この不可思議な部屋のことを尋ねた。いざ目が覚めた時のショックに備えて、先に保険をかけておこうと思ったのもある。

鈴真は一瞬ぽかんとした顔をして、それからくすくす笑った。

「夢じゃないよ」

「じゃあ、なんなのさ」

「それは俺の口からは言えないなあ」

悪戯《いたずら》を企むみたいに笑う鈴真。昔見た表情と重なって、胸が締め付けられる。

「夢の中の住人に夢かどうか聞いた私が馬鹿だった」

「ひどいなあ」

全く知らない場所にいるはずなのに。

ただ鈴真がそこにいるだけで、あの頃の懐かしい空気が、胸の内に流れ込んでくる。

改めて、私は周囲を見渡す。

誰のものなのかもわからない部屋。置かれた家具も物も、全く彩りがなくて。

でも——なぜか、ここにあるものを見ると、いちいち胸がきゅっとした。

合唱曲のCDも。コミュニケーションのハウツー本も。卒業アルバムも。

「それよりさ」

私がその理由を考えていると、鈴真がそう切り出した。

その表情には——僅かに陰が差していた。

「なにか、こわいことがあるんじゃない？」

その綺麗《きれい》な瞳と、見つめ合う。

「え……？」

突然、心の柔らかい部分を突かれたみたいだった。

こわい。

あの頃、私と鈴真を繋《つな》げてくれたのはその言葉だった。

私も鈴真《すずま》もこわいものだらけで、人の目や思っていることがこわくて、明日がこわくて。

だから、気が済むまでお互いのこわいを打ち明け合った。

でも、もう私にこわいを共有できる人は——鈴真はいない。

そのはずなのに、夢の結晶みたいな部屋で、鈴真は私にそのことを訊《き》いた。

思い当たる節《ふし》は当然ある。

明日のこと、オリエンテーションのことだ。

「そりゃ、あるけど。半年ちょっとで、こわい、はなくならないよ」

「俺でよければ、栞里《しおり》の話、聞かせてくれないかな」

「……なんで」

「ずっと、そうしてきたから」

本当は、夢の中の鈴真に私の現実のこわいの話をするのはなんだか気が引けていた。

そもそも……あの日、私は目の当たりにしたじゃないか。

私のこわいと、鈴真のこわいは、全然別物だったんだって。

でも——どうしてだろう。

鈴真の丸くてあたたかい声に少しずつ溶かされて、私のそういう取り繕った理屈の部分はいつの間にか破れてしまっている。不思議な引力にいざなわれるみたいに、私の中に閉じ込めた言葉は、だんだん喉元を上がって、口を開けば喋《しゃべ》ってしまいそうなところまで押し寄せていた。

そして。

「栞里のこわいを聞くのは、やっぱり俺がいいよ」

鈴真の言ったその言葉がトリガーになった。

「こわいもの、だらけだよ」

ぽつり。

言葉が、零《こぼ》れた。

零れたそばから、また一雫《ひとしずく》、溢《あふ》れてくる。

「明日、高校のオリエンテーションがあって――」

「うん」

それから、私は気が済むまで、自分の明日の話をした。十分も、二十分も、ずっと。

鈴真はあの頃と変わらず、私の話を遮らずにただ相槌《あいづち》を打ってくれていた。

……心地いいな。

私はただ話しているだけなのに、今まで死にそうなほど膨らんでいた不安が、徐々に落ち着いていくのを感じていた。嘘みたいに、「こわい」の水位が下がっていく。

本当はもう夢の中でしか鈴真に会えないことが、たまらなく切なくて。

「話してくれて、ありがとう」

鈴真は丸い声で言う。

「じゃあ、栞里《しおり》はそのオリエンテーションで、人から白い目で見られたり、気まずい空気を作っちゃうのがこわいんだね」

「うん」

「この時期って、こわいよね。全部が定まってないから、ちょっとのことで全部崩れちゃうんじゃないかって気持ちになる」

「鈴真《すずま》も、そうなの？」

「そりゃ、そうだよ。栞里は昔から、俺のことを高く評価しすぎ」

鈴真は表向きには上手にやれる人だから、鈴真がこわがっているのが、いつもちょっと不思議に思えてしまう。

「でもさ、栞里は大丈夫だよ」

「……どうしてそんなこと言えるのさ」

「だって——ずっと二人で、こわいを乗り越えてきたから」

思わず、その顔を見つめてしまった。

鈴真は真剣な表情で、私の目を覗《のぞ》き込む。

……ずっと二人で、乗り越えてきたけどさ。

でも——もう会えないじゃん。

この部屋の鈴真は、なんでそんな濁りのない目で私を見られるんだ。

私は今だって、あの優しかった時間のことを直視できないままなのに。

「ねえ、栞里」

「……なに」

「俺たちが話すようになった頃、スピーチがあったの覚えてる？」

鈴真は唐突にそんな話をする。

もちろん覚えている。私たちが初めて通話した日の翌日に、学校でスピーチがあった。

私は不安でいっぱいだったし、そのせいで病み投稿なんてしてしまって。

でも——それをきっかけに、私と鈴真は仲良くなった。

「今回も、あの時と同じやつ、やってあげる」

「同じやつ……って」

目の前で、鈴真が仏様みたいな笑みを浮かべていた。

あの日が、ふっと蘇る。

今まで不安でいっぱいだったはずなのに、心が少しずつほぐれていく。

「スピーチの時も、うまくいったでしょ」

鈴真は口角を上げたまま、とても喋《しゃべ》りにくそうに話す。

「あの日、普通にスピーチ上手くいったのに、最後に見た鈴真の変顔のせいで内容飛びそうになったんだから」

「変顔って」

鈴真《すずま》は納得いかなそうな表情を浮かべる。

それも含めて、不安が和らいでいく。

「栞里《しおり》、ちょっといつもの顔に戻ったね」

「……いや、騙《だま》されないよ。何も解決してないから」

どうしてだろう。口ではそう言ってみたけど。

あれだけの不安が、もう元の形を思い出すのも難しいほどおぼろげになっている。鈴真と話しているおかげではあるんだろうけど、なんというか、もっと別の力も働いているような感覚があって。

「明日も、もしこわくなっちゃったら、気休めの笑顔あげるよ」

「……そんなの」

もう会えないのに、できないじゃん。

「もし失敗しちゃっても、その時はまたこの部屋に来ればいい」

「どうやったら、ここに来れるの？」

「栞里が本当に必要になったら、その時はまた会えるはずだよ」

鈴真は、私の目を覗《のぞ》き込んで。

「じゃあ、栞里。今日はもう、こわくない？」

どこまでも優しく、言った。

私はすっかりどこかへ消えてしまった不安のことを考えながら、何気なく言った。

「うん、こわくないよ。ありがと」

そう言った、瞬間。

天井が、明るくなって。

その明るさは、視界全体を包み込み――――。


「…………え？」

気がつけば、私は現実の自室のベッドの上にいた。

起き上がって、カーテンを開けてみる。

外はまだ、真っ暗なままで。

スマホをつけて、時間を確認する。

「……うそ」

化かされたような気分になった。

私は一度、眠りに落ちたはずなのに。

現在時刻は、最後に確認してから一分たりとも進んでいないのだった。

「夢じゃなかったってこと？」

でも……だったら、あの部屋は一体何だったんだろう?

そこにいたはずの鈴真《すずま》は、当然のように消えてしまった。私の不安ごと、全部持ち去ってしまったみたいに。

もっと話していたかった。まだ、話したいこと、たくさんあったのに。

結局それからしばらく考えて、私はあの部屋のことを一瞬の眠りの間に見た夢だと一旦結論付けた。あれだけ不安で死にそうだったはずなのに、残っているのは鼓膜《こまく》にとどまった鈴真の声くらいで。

ベッドに戻って目を閉じると、不思議とすっと、私は眠りに落ちた。


迎えたオリエンテーション当日。

空は雲一つない快晴で、みんなの空気も心なしか浮ついていて。

だから、こわい、はずなのに。

なんでだろう。いつもより、心に余裕がある。

まるで――あの不思議な部屋の鈴真と話したことで、ちょっとした魔法にかかったみたいな。

バーベキューは円滑に進んだ。私はみんなの話に相槌《あいづち》を打っていることが多かったけど、みんなもたまに私に話を振ってくれたから、あまり気まずい思いもせずに過ごすことができた。

……まあ、やっぱり緊張はしてるから、味はあんまりわかんなかったけど。

「じゃあ、次、自己紹介ゲームはじめよっか！」

やがて、今日の最大の懸念《けねん》がやってきた。

難しいルールはなくて、ただ特定のトピックについて自分のことを話した後で、その人が次に話す人とそのトピックを指定する、という仕組みで進んでいくゲームらしい。

「じゃあ、うちから～」

私と一緒にお米関連の仕事をやってくれた女の子が、まず話し始める。

最初のトピックは固定で「中学時代ハマっていたこと」だ。

「中学時代の話ね……まあ、うちは部活でバスケやってたから、その練習ばっかしてたんだけど……その練習終わりに自販機でイチゴオレを飲むことにハマってました！　じゃあ次、村田でトピックは部活！」

彼女は、雰囲気こそ快活な感じで話していたが、思ったより普通の自己紹介で次の人にパスを渡した。……こんな感じで、進んでいくのかな？

「村田っす。部活はずっとサッカー部で、高校も正直部活で選びました。ポジションはフォワードばっかです。よろしくっす」

指名された男の子も、思ったより無難な内容で締めた。

……よかった。これなら私も大丈夫かも。

「じゃあ、指名します。えっと……七村《ななむら》さんで、トピックは……好きな教科？」

そして、思ったより早めに私の番は回ってきた。

人前で話す機会。あんまりないし、やっぱり心臓がバクバク言っている。

好きな教科？　……だめだ。得意なのは英語だけど、何も気の利いたことは思いつかない。

……あれ、どうしよう。なんだか、頭が真っ白になってきて。


——栞里《しおり》。


その瞬間、頭の中で声が鳴った。それは中学時代の鈴真《すずま》の声だったかもしれないし、あの部屋で会った鈴真の声なのかもしれなかった。

真っ白になった頭。

そこに、鈴真の仏みたいな変顔が、くっきりと浮かびあがった。

……ふふっ。

その瞬間、また頭が回るようになる。

……いや、確かに今回は助けられたけどさ。

私はやっと冷静になる。

よく考えたらみんな最低限のことしか言っていないし、そんなに気負うことじゃない。

「七村《ななむら》栞里です。好きな教科は英語です、えっと……文法とかはあんまり得意じゃないんですけど、長文は好きです。単語とか覚えればすらすら読めるようになったりするし……。そんな感じです、これからよろしくね。……じゃあ次は――」

私はやっぱり無難なことしか言えなかったけれど、みんなも頷《うなず》きながらちゃんと話を聞いてくれた。少なくとも、空気を壊すようなことは回避できたみたいだ。

よかった。……もしかしたら、本当にあの不思議な部屋のおかげかもしれない。

それからも、しばらく無難な自己紹介ゲームは続いた。

「じゃあ、これで解散です。家に帰るまでがなんとやらなので、みなさん気を付けて帰ってください！」

バスが学校に着いて、先生が解散の合図をする。

……終わった。ちゃんと、何事もなく終わってくれた。

私は軽い心のまま家に帰って、自室のベッドの上で今日のことを考えていた。

別に、このオリエンテーションを通して私に友達ができたわけではない。

それでも、これから何か授業でわからないことがあったり、困ったりした時に連絡できるような人はできた気がしていて、それは私にとって大きな進歩だった。

これくらいの関係なら失ってもたぶん傷つかないし、ちょうどいいのかもしれない。

全部、あの夢のおかげで。

そして、役目を終えたかのように、私にこころ強さを与えてくれた鈴真《すずま》のパワーのような感覚は、オリエンテーションが終わると同時にどこかへ消えてしまった。

私は結局、変わらずまた明日が不安になった。

――あの部屋の夢、また見れたらいいな。

私がそう願ったのは自然なことで。

そして、それを知ってか知らずか。

私はその後も時々、鈴真の待つあの不思議な部屋に飛ぶことになる。

三章　高校二年生・夏

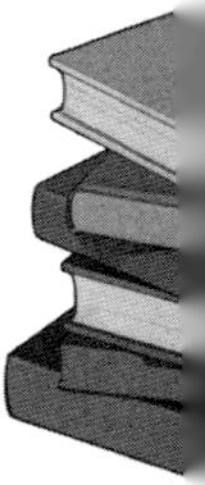

無彩色の部屋には、色々なものが散乱している。

部屋の中心にある二人掛けのソファー。

床のあちこちに積み上がった参考書の山。

小学校と中学校、それぞれの卒業アルバム。

友情ものの名作映画のＤＶＤ。

話し方やコミュニケーション上達法のハウツー本。

様々な合唱曲のＣＤ。

そういった私の記憶に結びついたものたちが、私と鈴真《すずま》のいるこの部屋には溢《あふ》れていた。

でも、その全部が彩りを失ったみたいに白黒灰色で構成されていて、この部屋の中では色を持つ私と鈴真の二人だけが浮いている。

部屋には小さな扉がひとつ付いているが、あの扉の鍵が空いているところを私は見たことがない。最初はガチャガチャ開けようとしてみたこともあるけれど、いつの間にかやめてしまった。私は案外、この部屋の居心地を気に入っている。

ここにいると、冷たさと懐かしさを同時に感じる。その感覚が嫌いじゃなかった。

「じゃあ栞里《しおり》は、その子のことがちょっと苦手なんだ」

ソファーに二人並んで座り、私たちはとりとめのない話を続ける。

「そうじゃないけど……なんか、すごい自分の意志が強い子だから、ちょっと気圧《けお》されちゃって……」

「そっか」

「鈴真は誰とでも上手く話せるから、こんな悩みないもんね」

「だから、栞里は俺のこと高く評価しすぎだって」

鈴真はくつくつ笑う。その柔《やわ》い笑みの浮かんだ横顔を眺めていると、だんだん不安が引いていくのを感じる。

そのことに安心している私と、名残惜しそうにしている私がどっちもいるのだった。

だって——私の不安が消えたときが、この部屋の時間が終わるタイミングだから。

「まあさ、もしその子になんか傷つけられたりしたら、そんときはまた俺のとこ来てよ」

「……来たら、何してくれるの？」

「一緒に傷ついて、こわがってあげる」

「頼りになるんだか頼りないんだか」

胸の奥に、温かいものが広がっていく。

それは私の中に残った不安を丸ごと包み込んで、一緒に蒸発していって、私の心を軽くしてくれた。こわい、が、なくなっていく。

「でも栞里、やっといつもの顔になったね」

「……うん」

「じゃあさ」

次に鈴真《すずま》が何を言うのか、私はわかっていた。鈴真がこの部屋の時間の最後に言うのは、決まって同じ言葉だ。

「今日はもう、こわくない？」

胸がきゅっと痛む。

「うん」

そう口にすると、鈴真は微笑んで頷《うなず》いた。

と、同時。視界が突然明るくなって、私は眩《まぶ》しさに目を細める――――。

「……はあ」

現実世界に意識が戻った私は、いつも決まってスマホで時刻を確認する。

でも、やっぱり今回も同じように時間は、部屋に意識が飛ぶ前から一分たりとも進んでいなくて。私と鈴真はあの部屋で一時間も二時間も話し込んでいたはずなのに、現実の時刻は二十二時五十九分のままだった。

部屋に飛ぶ前と今で変わったのは、あれだけ不安だった気持ちがすっかり凪《な》いで落ち着いているという一点だけ。

そういう状況を考えても、やっぱりあれは現実の出来事じゃなかったんだ、という結論に落ち着く。というか、それ以外に考えようがない。

私は、高校二年生になっていた。

二年生のクラスでは、始業式の前の日にあの部屋に飛べた幸運もあってか、なんとか女子のグループのうちのひとつに入ることができた。

このまま、距離を詰めすぎず、一年間やり過ごせればいい。

もうすぐ高二の夏休みが始まる。そして、夏休みが開けたらすぐに文化祭がやってくる。

私があの部屋に意識が飛ぶようになったのは、高校に入学したての春だった。

あれから一年以上が経つ。


『栞里《しおり》』


私はあの後も、何度か部屋を訪れている。

鈴真はあの日からずっとあの部屋で、私のことを待ってくれていた。

鈴真とは仲違いしてしまったけど、ずっとあの頃の思い出は、「あの時間」は、私にとって大切なままで。心の大切な部分には、いつも彼がいて。

中学時代の鈴真との思い出と日々が作った、幻。

本来、あんな別れ方をした相手に突然悩み相談なんてできないはずなのに、私はその状況を受け入れて、夢の中で気が済むまで鈴真《すずま》とこわいの話をした。

そして、夢から醒《さ》めた私を待っていたのは、すっかり不安から解放された自分と、部屋に飛ぶ前から何一つ変化のない現実世界だった。

それからも、私は時々あの部屋に意識を飛ばすことになる。

もちろん、自由自在にできるわけじゃない。幾度となく部屋を訪れるうちに、私はだんだん法則性に気付いていった。

① 不安になって、明日がこわいと感じる。
② その思いが極限まで強くなると、私はあの部屋に飛ぶ。
③ あの部屋には鈴真がいて、鈴真と話すことで私の不安は嘘みたいに消えていく。
④ 不安がなくなった頃に、私の意識は現実に戻る。
⑤ 現実に戻った後も、直前に感じていた不安は嘘みたいに和らいでいる。

大体そんな感じだと思う。

あの部屋が何なのか、という根本的な問題には全く手がついていないけれど、私はいつ行けるのかも分からないあの部屋のことがいつしか、不安になった時に思い出す心の拠り所のようなものになっていた。だから無理にからくりを暴《あば》いたり解決しようという気はいつの間にか失くしていた。

「……よし」

そろそろ寝よう。

夜が明けたら、嫌でも苦手なあの子と話さなきゃいけなくなるけど。

今は、それでもいいと思えた。

＊

「しおりん、急にごめんねー」

「ううん、ぜんぜんいいよ」

放課後、約束どおりの時間に、普段はあまり話す機会のないあの子に呼び出された。

七月も半ば。夏服が微かに汗ばんでいる。外からは蝉《せみ》たちの鳴き声が聞こえていた。

やっぱりいざ対面すると緊張して、どうやって話せばいいのかわからなくなる。「文化祭関連でちょっと話したいことあって」とＳＮＳのＤＭには書いてあった。彼女は文化祭実行委員だから、大方何かの仕事を振りたいとか、そういう話だろう。

うちの学校は、文化祭が夏休み明けの九月中旬にある。そのせいで、何か仕事や催し物をする生徒は、夏休みの間を使って自主的に準備をする生徒も多い。八月九月といえば夏の大会が終わった部活生は三年生に代わって忙しくなっているし、かといって定期テストも近くて勉強も忙しくなってくる時期だ。その点、部活をやっていない私はなにかと都合がいいのかもしれない。

「あ、しおりん、意外に話すことほとんどないから新鮮だね！」

「……あー、そうだね！　いつも、絡みのあるグループが違うから」

「だよねー」

彼女は話しながら表情がころころ変わる。ちょっと羨ましいけど、私が同じことをしてもきっと疲れてボロが出てしまうだけだろう。

「あ、そう！　だからグループ違う関連でさ、今日の話」

「どういうこと？」

「まあ、後夜祭の司会進行のことなんだけど」

その響きに、無意識に身体《からだ》に力が入ってしまう。どうしても身構えずにはいられない。

「一人はうちがやるとして、もう一人必要なのね？　でも、私の友達みんな勉強とか部活の追い込みで忙しくて中々捕まらなくて」

彼女は滔々《とうとう》と話した後で、ちょっと言いづらそうにしながら、本題を口にした。

「だから、……しおりんのグループから誰か一人貸してくれないかな？」

「……でも」

気付いた時には、何か回避するための言い訳を探していた。

でも……断ったら、角《かど》が立つよな。

「私の友達も、みんな勉強大変だと思うし……」

「承知の上です！　でも、なんとかお願いできないかな。しおりんのグループから絶対一人出してほしいんだ。一応、みんなで作る文化祭ってことでさ」

「あー、そっか……」

私は、返す言葉に困って。

「……じゃあ、とりあえず、一回みんなに聞いてみるね」

「……ありがと！　超たすかる！」

私は結局、不安の種を引き受けてしまった。


その翌日、私は昼休みに友達グループ三人を引き留めて、四人で話す場を作った。私が自分からこういう機会を作ることはほとんどないから、みんな驚きながらも教室に残ってくれた。

「栞里《しおり》、なんか凄《すご》い固い顔してない？」

「わたしも思った。これはただごとじゃないな!?」

私の緊張が伝わってしまっているのか、みんなそのことを茶化してくれて。

「まあ、ただごとじゃない……ことはないんだけど」

私はちょうどいいタイミングで、話を切り出すことができた。

「実は、文化祭の後夜祭で……」

それから、私は昨日頼まれた役割と内容を、簡単にまとめて三人に伝えた。

初めのうちは身を乗り出して聞いてくれていた三人だったけど、だんだん話が摑《つか》めてくるにつれてその表情がすっと引いていって、気まずそうな雰囲気が流れ出した。

……そりゃ、みんなやりたくないよね。

「まあ、そんな感じなんだけど……みんな、あんまりやりたくないよね」

私は笑いながら、そう言って言葉を締めた。

三人はそれぞれに目配せしながら、曖昧《あいまい》な笑顔を私に向ける。

「いやー、まあ、部活さえなければなあー」

やがて、一人がそう切り出したのをきっかけに、声は次々と上がる。

「結構重責だよね」

「打ち合わせとか大変そう」

「あたしも時間厳しいかなー」

「私も」

あっという間に、流れはみんな引き受けないほうに傾いた。

「だよね……」

「いや、ほんとごめん！」

「栞里《しおり》も誰かやらないと困るもんね」

「……ううん、大丈夫！　なんとか……なるよ」

「文実の中で探せばいいのに」

「うちらに押し付けるの卑怯だよねー」

それから、話は生産性のないほうに流れていく。

……やっぱりこうなるよね。

どうしよう。そのまま伝えても、きっとあの子は引き下がってくれない。

――――「え、マジで？」「今言う？」「空気読めなすぎ」……。

その時、ふっと小学五年生がフラッシュバックした。あの拒絶された孤独感と、冷ややかな視線。憐れむみたいな何十もの表情。

やっぱり、私が人前で話すなんて。

八方塞がりで、私は結局考えるのを後回しにした。

学校からの帰り道。空を見上げると、一面に鱗雲《うろこぐも》が広がっていた。

それが今は、私の視界を遮って未来を見えなくする不安に重なって見えた。

心が、一層沈んでいく。

『しおりん、後夜祭の件どうだった？』

家に帰ってメッセージアプリを確認すると、進藤《しんどう》さん——後夜祭の仕事の相談をしてきたあの子からそう送られてきていた。

……やっぱり私がやるしかないかな。

『みんなやっぱり忙しいみたいだねー。出るだけでいいなら、私がやろうか？』

悩んだ末に、結局私はそう返信する。

こうして、私は高校二年生にして、大勢の前で司会をするという極大の不安を抱え込むことになってしまった。


その日の夜、私はベッドに入っても中々眠れずにいた。

理由はもちろん後夜祭の司会の件だ。押し切られて、最後は受け入れてしまった。

「できるわけない、よなぁ……」

ぽつりと呟《つぶや》いてみても、当然状況が変わるわけでもなく、頭の中で不安はますます膨れていくばかり。呼吸がだんだん浅くなる。

——部屋に飛びたい。

そう思った。あの場所に行けば、そこにいる鈴真《すずま》と話すうちに不安は薄れていくから。

でも、私がいくら行きたいと願おうが私の意識だけではあの部屋に飛ぶことはできない。

寝返りを打つ。だんだん全身がむずむずと気持ち悪くなってきて、両手両脚でシーツの中の冷たい場所を探す。

思えば、こんなことを私は何年続けているんだろう？

些細《ささい》なきっかけで不安を抱え込んで、ベッドの上で震えて明日を待つ。

周りのみんなはそれぞれに自分の輝ける進路を見つけて、気楽にいられる友達を作って、大人になる準備を済ませているというのに。

私だけが、今もこの場所で置いて行かれている。そんな気がする。

「はあ」

声に出すと、一瞬だけ呼吸が楽になる。私はずっと、こんな苦しいまま生きていくんだろうか。もしそうなら……明日なんて来なければいいのに。

明日がこわい。朝が来たら、私はちゃんとしなきゃいけない。

表情を窺《うかが》って、自分の表情にも気を配って、誰も不快にならないように適切な言葉を吐かないといけない。

安全な夜が終わってしまう。

だから、私は明日がこわい。

明日がこわい。

明日がこわい。

明日が。

「……だめかぁ」

これだけ不安な夜なのに、あの部屋には飛ぶことができなかった。

＊

それの翌日から、私たちの後夜祭準備が始まった。

放課後、空き教室に私と、私に司会の仕事を振ってきたあの子——進藤《しんどう》さんと、あとはもう一人、舞台袖で演者たちを誘導したり捌《さば》いたりする係の別のクラスの女の子——高野《たかの》さんの三人で集まって、ひとまずの方針を立てる。

「とりあえず連携とかの前に、ふんわりどんな感じで回すか決めるかー」

進藤さんが積極的にリーダーシップをとって進めてくれる。それに対して進藤さんと仲のいいらしい高野さんが何か言って、私は基本相槌《あいづち》を打つか笑うだけ。

そんな感じで、しばらく会議は続いた。

なるべく、二人の空気を壊さないように。不快に思われないように。

「じゃあ、ひとまず雰囲気はそんな感じでー」

次々と進藤さんが提案をしては、それに高野さんが乗る。

私はただやんわり笑って、それを受け入れるしかない。

夏休み前の期間。放課後の集まりで繰り返し行われた後夜祭の準備の空気は、だいたいそんな感じだった。

気づけば私は、後夜祭で何百人もの前でコスプレを披露する流れにまでなっていて。

「それではみなさん、いい夏休みにしてくださいね」

七月二十四日、帰りのホームルーム。

先生が笑顔でそう言って、それを合図に夏休みが始まった。

ひとまず、ほっとした。学校では常にみんなの会話の流れや空気を壊さないようにうっすら気を張っているから、これから一か月以上のあいだ、そういう心配をしなくていいというのが何よりありがたいのだった。

早く帰って、家でゆっくり好きな配信者の配信でも見よう。

私はバッグを持って、教室を後にする――。

「あ、ちょ、しおりんー！」

「……え？」

そこで後ろから呼び止められて、私はその場で振り返る。

そこには――私を手招きする進藤さんと高野さんがいた。

「どうしたの、二人とも」

「いや、こっちこそなんで帰っちゃうのーって感じだよ！」

「え？」

「夏休み中の後夜祭準備！　決めてないじゃん」

「……あー、そ……そうだね」

私は頬が引きつりそうになるのをこらえた。

なんとか表面上の笑顔だけは崩さず、嫌な顔はせずに。

……なるべく、夏休みに面倒ごとは持ち込みたくなかったけど。どうやら、どうしようもないらしい。

「週一くらいで集まりたいんけどー、うちと進藤《しんどう》のスケジュールは合わせたから、この中からしおりんが行ける日選んで～」

高野《たかの》さんが気の抜けた声で、私にスマホで日程候補を見せてくる。べつに夏休み中に集まることを嫌とも思っていなさそうな表情。

いいな。私も、「そっち側」の世界、見てみたいな。

「えっと、そうだね……その中だと――」

結局私は憂鬱《ゆううつ》な気分を押し殺して、二人に空いている日程を伝えた。

＊

アラームで目が覚める。

「……ん……あ。……行かなきゃな」

夏休みボケした頭に、久しぶりのアラームの鋭い音色は少しだけ厳しい。今日は十時半から夏休み中の後夜祭の打ち合わせの日だ。

二人とも、悪い人じゃないことは分かってる。ただ、住む世界が違うというだけで。

でも、これからあの空気感の中に身を置くこと、そしてその果てには大勢の前で喋《しゃべ》る機会が待ち受けていることを思うと、やっぱりこわい。

私はなんとか出掛ける支度を済ませる。外に出ると、クーラーの効いた室内にはない蒸し暑さと日差しを肌に感じた。久しぶりの外出だからか、今はそれが逆に清々《すがすが》しく思える。遠く視線を投げると遥か向こうの景色が蜃気楼で揺らめいていた。

集合場所の学校（部活生のおかげで、お盆期間以外は開いている）に着くと、既に二人は校門の奥で待っていた。

「おはよ、しおりん！」

「おはーっす」

二人が私に手を振ってくる。……よし、モードを切り替えなきゃ。

私は二人に向かって、軽く手を振った。

「おはようー」

校舎内の多目的ホールに移動する。

夏休み中の学校なんて思えばほとんど来ることがない。吹奏楽部の演奏や外周を走る運動部の掛け声。長期休みだというのに学校は活気に溢《あふ》れていて、私はなんだかいたたまれない気持ちになった。私が家でゴロゴロしている間にも、みんなは進んで各々の活動を頑張っている。本当、積んでるバイタリティが違うな、と思う。

私なんて、普通に学校に通っているだけで気疲れして、へとへとなのに。

「じゃあ、確認からはじめよっか」

それからも私は、微笑を崩さないまま、進藤《しんどう》さんと高野《たかの》さんの空気感を壊さないように後夜祭の打ち合わせをちゃんとこなした。

「ここでダンス部の演技が終わってー」

進藤さんは気合の入った表情で、両手をぱちんと鳴らして合図をする。

「うん、いいタイミングだよ、高野」

「おけー」

「じゃあ次、しおりん」

「……うん」

次に、私が喋《しゃべ》るターンがやってくる。急に緊張の水位が上がってくる。

「ダンス部のみなさん、素敵な演技ありがとうございました。続いては――」

「カット！」

私の声を遮るように、進藤さんが言う。

「しおりん、やっぱ硬いんだよなー」

「……ごめんね、なんか、こういうのあんま慣れてなくて」

「うん、ぎこちなくても別にいいの。なんていうかな……楽しんでる感？　がないというか」

夏の学校の多目的ホールで、後夜祭の練習を進める。

決められた時間割から解き放たれた今日の校舎は、眠っているみたいだった。部活生の声はところどころで響いているけれど、その響きすら虚しく、すぐに壁や天井に吸収されていく。

私が普段教室で気を張っているのも、何十人が前を向いて同じことを学んでいるのも、全部本当は取るに足らないことで、やめようと思えばすぐにやめられてしまうものなんだと感じる。

そう考えると、ちょっと心が楽になったような気がして。

「しおりん、かーたーいー」

「ごめん、そんなつもりじゃなかったんだけど……」

でも、やっぱり私は、目の前の空気をこわすことだけはできなくて。

耳の中で、小学校のクラスメイトの声が鳴る。

――え、マジで？

——空気読めなすぎ。

＊

お盆期間が終わって、いよいよ夏休みも終盤に差し掛かった頃。

もう夏休み中の後夜祭打ち合わせの予定はなくて、部屋でアイスを食べながら安心しきっていた私のもとに、一件のメッセージが届いた。

《三人で海行こうよ！》
《夏青春イベント、流石《さすが》にやりたい》

その内容を見た私は、思わずスマホをベッドに放り投げた。

どう見ても断れる流れじゃなさそうなお誘いに、一瞬で夏休みボケが憂鬱《ゆううつ》で塗り替わる。

どうやら進藤《しんどう》さんと高野《たかの》さんは示し合わせていたらしく、あとは私の同意を得るだけの段階のようだ。

でも、海に遊びに行くとなったら、たぶん一日がかりだ。進藤さんも高野さんも悪い人じゃないことは分かっているけど、あの空気感に合わせて一日中笑っていられる自信が私にはない。綻びがどこかで出るかもしれないし、もし完璧に乗り切れたとしても本当に苦しい一日になりそうだ。

……やだな。

そう、心では思いながらも。

《海いいね！　私も行っていいなら、行きたい！》

結局、本心とは反対の言葉を指先で紡いだ。

その後はスムーズな流れで、日程が三日後に決まる。

それからの時間は、好きな動画を見ていても、ゴロゴロしていても、勉強していても、片時もあの三人で出掛ける予定が頭の片隅から離れないのだった。

不安は、ぶくぶく膨らんで。

そういう不安をなだめるように、色々な想定パターンを頭の中でシミュレーションしながらうだうだ過ごしていたら、日付は海の前日の夜になっていた。

明日は朝から二人と出掛けるから、早めに寝なきゃいけない。でも。

一度明日の不安と失敗するイメージのことを考えたら、もう寝るどころの話ではないのだった。私は……高校二年生にもなって、ずっとこの場所から動けないでいる。

なんとなく、分かる。いつまでも、こんな心のままじゃいられない。大学に行ったらきっと、もっとコミュ力だって求められるし、その先には想像もつかないけれど、大人であるのが当たり前の社会が待っている。

居場所が壊れるこわさだって、きっといつまでも目を逸らしてはいられない。

大切なものを作るのがこわいなら、私は今後の人生でずっと、一人で生きていくことになる。

だから――私はいい加減、成長しなければいけないのだろう。

……でも、どうやって？

明日より先の未来のことを考えると、その途方もなさにもっとこわくなる。

だから、気を逸らそうとする。

すると、やっぱり明日のことがちらつく。

いっそ、明日なんかこなければ楽なのにな。

仮に今回を乗り切ったとしても、私の人生には今後も何百回何千回と、どうしようもなくこわい夜が訪れるんだろう。

そんなふうになるのなら、いっそ。

いっそ、私は。

私は――。

突然、視界が何も見えないほど眩《まばゆ》い光に包まれる。

「……え？」

私はベッドの上にいたはずなのに、気がつくと全く別の景色に囲まれているのだった。

二人掛けのソファー。参考書の山。卒業アルバム。

白と黒で構成された、無彩色の視界。

そして。

「久しぶり」

「……鈴真《すずま》」

ソファーの隣に立って柔《やわ》く微笑む、鈴真がいる。

その顔を見て、私はようやく確信した。

私は今——安心できるあの不思議な部屋に飛んだのだ。

「……よかった」

「何がよかったの？」

「あ、いや、なんでもない」

その丸く響く声が鼓膜《こまく》に触れて、それだけで、私は力が抜けていくのを感じる。

ああ。やっぱり、ここは安心するな。

鈴真《すずま》がいてくれるからなのか、この不思議な部屋の魔力なのかはわからないけど、ここにくると毎回「こわい」の足音が遠のいていく。

「なんかこわいこと、あった?」

「ああ……まあ、そんな感じ」

私は自嘲気味に笑って、なんだか後ろめたくて目を逸らした。

「聞かせてよ」

鈴真はそう言って、ソファーに腰かけた。鈴真が手招くから、私もそれに甘えて隣に座ってみた。適度に沈み込む、ちょうどいい固さのソファーだ。

「実はさ、前言ってた子たちと海行くことになって」

「わ、急展開だ」

「あ……そうだよね。久しぶりだから、全然話してないや。順を追って説明すると――」

それから私は、前回この部屋に来てから今までの間に起こったことやしたことを鈴真に話して聞かせた。鈴真は相変わらず、私の話を遮らずに、たまに相槌《あいづち》を打って聞いてくれた。

……やっぱり、ここは――鈴真の隣は、居心地がいいな。

「じゃあ、今はバリバリ後夜祭の準備を三人でやってるんだ」

「いや、バリバリってほどじゃないよ。私はただ……二人について行ってるだけだし」

鈴真は、緩《ゆる》やかに首を振る。

「でも、やっぱり栞里《しおり》はすごいよ。そういうの、前はすごい苦手だったじゃん」

「今も苦手だよ」

私はそう言った。その声が思ったよりずっと弱々しく響いてしまった。

鈴真は何を思ったのか、音もたてず、その場に立ち上がる。

そのまま歩いて、ソファーから少し離れた位置にあった一冊の本を取った。

「栞里。これ、覚えてる？」

鈴真はこちらにその表紙を見せながら、またソファーまで戻ってくる。

『人間関係の悩みの九割は杞憂《きゆう》』。

この部屋に来た時からずっとそこに置いてあったそれは、かつて、私が鈴真のことを思って買った本だった。

「それ、ほとんど根性論だったやつじゃん」

私はその内容をぼんやり思い出して、懐かしさに笑ってしまった。

でも——どうして、この本がこの部屋に置いてあったんだろう？

鈴真はそのまま、ペラペラとページをめくり始める。

「栞里も覚えてたんだ」

鈴真はちょっと嬉《うれ》しそうに微笑む。

忘れないよ。……忘れられない。

だって——あの瞬間が、私にとってどれだけ大切だったか。

常夜灯の下で二人肩を寄せて、声に出して読んで。

たどり着いた最後のページに書いてあったことを読んで、私たちは——。

あの日の「大切」が蘇ると同時に、私はぼんやりと胸のあたりに罪悪感を覚えた。

あんなに優しい時間を、私は自分から手放した。

現実の鈴真《すずま》には連絡ひとつ取っていないのに、今はこうして、部屋の鈴真に救われていて。

私はなんだか急にそれ以上考えるのがこわくなって、思考を止めた。

「自分のことをちゃんと想ってくれて、自分から想いやりたいと思える相手を見つけること。いつか、あなたが心を許せる居場所ができますように」

部屋の中、鈴真が本の最終ページを開いて、そう読み上げた。

あの瞬間の鮮烈がなんだか遠い昔のことになってしまったようで、寂しくて。

私は、縋《すが》るように鈴真を見た。

「……」

目が、合った。

全部が、あの瞬間に重なった。

あの常夜灯の下で、鈴真と目が合って、私はそのとき、初めて本当の居場所というものがどういうものなのかを知った。

ソファーに座った目の前の鈴真が、やがて、笑った。

私も――つられて笑ってしまった。

「あの時さ」

鈴真が口を開いて。

「この文章読んで、あなたが心を許せる居場所ができますようにって書いてあって。……思わず、栞里《しおり》のことを見たんだ。心を許せる居場所ならもうあるじゃん、って思ってさ。笑っちゃったんだ」

あの瞬間のあたたかい鮮烈が、蘇ってくる。

「そしたら、栞里もこっちを見てて、笑ってて」

「……うん」

身体《からだ》中に巡る。

「その瞬間にさ、俺、……初めて、生きていけるかもって思った」

「……」

「居場所ってこういうことなんだって」

うん。

私も、同じ気持ちだったよ。

ここに戻って来られるなら、どこへでもいけるかもって思ったよ。

「きっと、栞里《しおり》も俺も、もう知ってるんだ。居場所って、そういうものだって」

「え……？」

「知らないうちにできてて、ふとした瞬間に気付いて、やっと実感する」

思い出す。

確かに私は、鈴真《すずま》との時間がいつから明確な居場所になったのか、覚えていない。

「だから、無理に作ろうとするものでもないんだと思うよ」

鈴真は柔らかく笑う。

「目の前のこわいことを乗り越えようとして、その中で人とかかわったりもして、それでいつかもし居場所ができてたら、それはそれでいいんじゃない？」

「私……無理に大切な場所、作ろうとしなくてもいいのかな」

「いいんだよ」

「上手くやろうとして、できなくて……それでもいいのかな」

「いいも何も、俺も栞里もそうやって生きてきたじゃん」

そんなことを真面目な顔して言う鈴真を見ていたら、いよいよ全身にまとわりついていた「こわい」はほどけて、どこかに行ってしまったようだった。

本当に、ここは不思議な場所だ。

……自由自在に来られたらいいのに。

「海で写真とか撮ったら今度見せてよ」

「気が早いってば」

「もし話すことに困ったら、俺のこと話していいよ」

「だから気が早い」

「ふっ。琹里、ちょっといい顔になった」

「……うん、まあ。おかげさまで」

「じゃあさ。今日はもう、こわくない？」

その言葉を聞いて、真っ先にやってきたのはさみしさだった。

だって——そのお決まりの言葉は、この部屋の時間が終わる時の合図だから。

もっと、鈴真と話していたい。叶うならずっとここにいたい。

あたたかくて、安心して。

でも、この部屋にいる時の私は不思議と、見栄も張れなければ嘘もつけないのだった。

それはこの部屋の魔法なのかもしれないし、鈴真が私のそういう部分を全部見抜いてしまうからかもしれない。

どちらにせよ、もう心に「こわい」はほとんどなくて。

だから。

「うん、こわくないよ」

そう、私は口にした。

瞬間、天井が光って。その光は、部屋全体に広がって――。

「……まあ、一日くらい頑張るかあ」

次の瞬間、視界には見慣れた自室の天井が映った。

現実に戻っても、私は眠りに落ちるまで、しばらく鈴真《すずま》とあの部屋のことを考えていた。

*

迎えた朝は晴れ渡っていて、どこまでも透き通っていた。その青に目を凝らせば、空の底が透けて見えてしまいそうなほど。

「あ、しおりんー！」

電車を乗り継いで、私が集合時刻ぴったりに海の最寄り駅に着くと、待っていたのは進藤《しんどう》さん一人だった。

「進藤さん、おはよう」

「高野《たかの》の奴、家出るの遅れたとかで一本後の電車で来るってさー」

「あ、そうなんだ」

目を細めて不満そうにする進藤さんに、私はどんな顔で返せばいいかわからず、微笑む。

ということは、十分くらい、進藤さんと二人きりってことだろうか。

何を話せばいいか、どうやって時間を埋めればいいのかわからない。

……それなのに、なんだろう、心に少しだけ余裕がある。

「しおりん、そのTシャツかわいいね！　猫だー」

進藤さんは私の着てきた猫が二匹描かれているTシャツを指差して、楽しそうに言う。

「ほんと？　ありがとう」

思ったより自然に、その言葉が出てきた。

普段どおり、気を張っているのには変わりない。でも、何か感覚が違う。頭がちょっと冷静でいられているというか、頑張らなくても話す内容がぼんやりと浮かんでくるというか。

「進藤さんも、そのサマーニット、かわいい」

「嬉《うれ》しいー！　これ、一昨日《おととい》買ってさー」

それから、私は進藤さんとしばらく、夏の格好が意外に困るという話をした。

──目の前のこわいことを乗り越えようとして、その中で人とかかわったりもして、それでいつかもし居場所ができてたら、それはそれでいいんじゃない？

昨日の夜に部屋に飛んでからずっと、不安の水位が下がっている。

鈴真の言葉が、優しい温度で心の中にとどまっているみたいで。

鈴真《すずま》が後ろについてくれているようなこころ強さ。いざ話の内容を考えるのも一日を乗り切るのも私のはずなのに。不思議ともしも何か困ったことになっても誰かが一緒になって考えてくれるんじゃないか、みたいな、そういう安心感があった。

新しく人と知り合ったときに、失ったときのことばかり考えてしまう私。

裏切られたときのあの痛みに怯えて、動けなかった私。

でも——今日はそんな自分のままでいいんだって思えるから。

「じゃあ、進藤《しんどう》さんの冬服もかわいいんだろうな」

私がそう口にしたところで、改札から高野《たかの》さんが出てくるのが見えた。

「よっす～」

「よっすじゃねーよ。先に謝罪とかないの？」

適当なトーンで会話に交ざってきた高野さんに、進藤さんが軽くツッコむ。

「しおりんごめん」

「あ、ううん、私はべつに」

「なんでしおりんにだけ謝った」

そんなひと通りの会話を済ませて、私たちは海岸を目指して歩き出す。

五分ほど歩くと、段々と周囲が海辺の街の景色らしくなってきた。海でしか見ないような木もあちらこちらに生えている。

カフェも歯医者さんも、全部がシンプルなのにお洒落な色遣いの建物で、まるでこの一帯だけ別の時間が流れているみたいだった。

「あ、あれ」

「海だ〜」

そして、潮の香り。

真っ直ぐ見据えた先に、陽射しを反射してキラキラ光る海が見えた。

……海なんて、何年ぶりだろう。

「走る?」

「走るでしょ」

「え、ちょっと、みんな待ってよ」

なぜか、海が見えたのと同時に二人が走り出した。

私だけ置いていかれるわけにはいかないので、私も運動不足の身体《からだ》を酷使《こくし》して海まで駆け抜ける。

やがて、足元が砂浜になり、今日の目的地に到着した。

「みんな、足、速い、ね……」

「運動部ですから」

私は息も切れ切れだったけれど。

……なんだか、ちょっとだけ青春感があって、清々《すがすが》しい気分もしていた。

「じゃあ、何する？」

高野《たかの》さんが私を見つめて、聞いてくる。

「え、私？」

「しおりんしかいないじゃんー」

「私は……みんながしたいことで、いいよ」

いざしたいことを聞かれると、何も思いつかなくて困った。私はみんなが普段放課後や休日に遊んでいることの内容を実のところあまり知らないから、頓珍漢なことを提案してしまいそうで、恥ずかしいやら不安やらで。

「しおりん」

「……なに？」

「なんか、しおりんのこと、私も高野も全然知らないなってこの前話しててさ」

進藤《しんどう》さんが、私の瞳を覗《のぞ》く。目を逸らすタイミングをそこねて、逃げられなくなる。

「だから、やっぱり、しおりんのしたいことが知りたいな」

「……したいこと」

思いのほか進藤さんと高野さんがちゃんと私の答えを求めているのが、その間でわかった。

でも、無難な答えが全然浮かばない。

ずっと、自分の意見を押し込めてきた。取るに足らないものだと、周りの空気を優先してきた。だからこそ……いざという時に、自分のしたいことが全然わからない。

どうしよう。

その時、鈴真《すずま》の言葉が、急に頭の中で再生されて。

――海で写真とか撮ったら今度見せてよ。

「……写真」

「写真、撮るの？」

「あ、うん。海に来たっぽい写真、欲しいかも」

私はとっさに、そう口にした。

二人はそれぞれ、お互いを一瞬見て、それから。

「それだ」

「ナイスですしおりん」

思いのほか私の提案が刺さったようで、二人は早速逆光になりにくい海が写る角度を探し始めた。

ひとまずなんとかなったようで、ほっと息をついた。

……ありがとね、鈴真。鈴真の軽口が役に立ったよ。

「あ、ここで、右斜め上からだといい感じだよ」

「ほんと？」

私は早速いい場所を見つけたらしい進藤《しんどう》さんのもとに、駆け足で寄っていく。

そして、慎重に角度を定めて、三人で肩を寄せ合う。

「じゃあ、撮りまーす」

さん、にー、いち。

シャッターが切られた。続けざまに三枚ほど、瞬間が切り取られる。

「お、わりといい感じじゃん」

高野《たかの》さんが満足げに言った。

「うーん」

「進藤さんは、微妙って感じかな」

私が進藤さんの反応を見てそう言うと、彼女は私に向けて親指を立てた。

「まだ全然ある」

「うわー、進藤がこのモード入ると長いんだよなぁ」

「ううん、もう一回探そう？」

めんどくさそうにする高野さんを横目に、進藤さんと私は最善のスポット探しを始めるのだった。

それから、ずっと写真を撮り続けて、砂浜を端から端まで歩いた。

流石《さすが》に私含めてみんな疲れて、海辺のカフェに三人で入った。

私はアイスティーにミルクを入れてかき混ぜながら、二人の様子を伺《うかが》う。

撮影の途中、不安のことも忘れて、青春イベントを純粋に楽しんでいる自分もいた。二人のノリも多少摑《つか》めてきて、それと同じ振る舞いこそできなくても、適度に何かを話すぶんには勝手が分かりはじめている。

心が少しずつ、軽くなっていく。

このまま、二人と友達になれちゃったりして。

そしたら私にも、また安心できる場所ができるのかな――――。

『やっぱり、鈴真《すずま》の「こわい」と私の「こわい」は、全然違ったんだね』

瞬間、あの日がフラッシュバックする。

……そうだよね。

やっぱり、私はほどほどでいいや。一日一日を乗り切れれば、それで。

そんなことを考えていた矢先。

「しおりん、中学時代彼氏とかいたの？」

突然そう聞かれて、私は思わずアイスティーを吹き出しそうになった。

「い、いや、彼氏はいなかったよー」

「……なるほどね」

「えっ?」

「彼氏、は、いなかった、ってことは……ただならぬ関係の男はいたと見た」

「うちもそう思います」

二人は私の発言から何かを汲み取ったのか、ニヤニヤしながら私を見る。

「いや、ほんとに……」

「何かしおりんの口から聞けるまで、今日は帰りません」

「うちも」

なんだかまずい空気になっている。本当に、話せる話なんて、何も。

——もし話すことに困ったら、俺の話していいよ。

「いや、ほんとに恋愛とかは、ないんだけど」

「うんうん」

私は鈴真《すずま》に許可されたのもあって、場を切り抜けるために、簡単に鈴真の話をした。

病み投稿に、DMをくれたこと。

それがきっかけで、電話するようになったこと。

たまに、夜の公園で話をしたこと。

別れの話は省いてひと通り話し終えると、なぜか二人は目を見合わせていた。

「……えっと、そんな感じで、大した話じゃ——」

「しおりん」

「え」

二人は、目を輝かせて私に言った。

「超最高エピソードじゃん。羨ましいなー、イケメンだったんだろうなー」

「本当にお互い大切だったってわかる話、泣けます」

「いや、そんなことないよー」

二人の思った以上の反応に、私は恥ずかしくなりつつも。

同時に、鈴真との大切だったあの時間を誰かに素敵だと肯定してもらえたような気がして、
純粋に嬉《うれ》しくなった。

心が、あたたかくなって。

思わず、二人の前で張っていた気が、抜けてしまった。

「でも、今日はしおりんのこと知れてよかった！」

「うちもー。仲良くなれてうれしいぜ」

そう二人から伝えられて——私も似たような気持ちでいることに気付く。

でも、気持ちを言葉にしたら変に思われるかな。

空気、壊したりしないかな。

……でも、やっぱり。

「私も、今日二人と海来られてよかった」

私は悩んだ末に、それだけ口にした。

心から出た言葉。

二人は、ちょっと照れくさそうに笑っていた。

……よかった。

今日来なかったら、私はどこかで二人のことを本当の意味では関われない人たちだと思い込んだままだった。

まだ、大切が増えるのはこわいままだけど。

でも——私だって、いつかは変わらなきゃいけないから。

「みんな、飲み終わったね」

「え？　あ、うん」

「じゃあ、そろそろ出よっか」

そうして、私たちは三人で店を出た。

「ねえ。最後に、もう一回だけ海見ていかない？」

「うん、いいよ」

歩くたび、馴染みのない海街の景色が緩《ゆる》やかに流れる。

砂浜に入って、三人で波打ち際をめざす。

足跡をつけるたび、それらは一秒前に置き去りになっていく。

――最高に私らしくない景色の一部に、今、私はなっている。

そのことが不思議で、でもそれ以上に胸がドキドキした。

「ゴール！」

進藤《しんどう》さんが楽しそうに言う。

私たち三人は肩を並べて、目の前の海を眺めた。

水面は真昼よりもきらめきを増して、黄金色に燃えているみたい。

沈んでいく陽が、今日の楽しかったこと全部連れていってしまう気がして、少し寂しい。

「楽しかったなー」

ぽつり、高野《たかの》さんが言う。

「ねえ、高野、しおりん」

進藤さんはこちらを見ないで、ただきらめく波打ち際を見ながら言った。

「絶対最高の後夜祭にしようね！」

その言葉で――――不意に、私は現実に戻された気がした。

なんだか今まで、全部が全部うまくいくような気さえしていたのに。

人前で話せない私は、もうあと二週間ちょっともすれば、何百人が見つめるステージの上で司会をやらなきゃいけなくなるんだ。

不安が、少しずつ押し寄せる。

……楽しい一日だったな。

でも——私はやっぱり、私のままかもしれない。

*

夏休みが明けても、私たちは放課後の時間を使って時々打ち合わせをした。

あの海に行った日以降、進藤《しんどう》さんや高野《たかの》さんと一緒にいることが前よりも楽になって。

私はむしろ教室にいる時よりも、少しだけこの二人といるほうが気を張らずに済むようになった。私にとっては、大きな進歩で。

でも——結局、明日がこわいことには変わりない。

「じゃあ、明日、絶対成功させようね」

「おう」

「……うん、頑張ろう」

文化祭前日。準備で遅くまで残るクラスも多い中、うちのクラスは早めに準備が終わったので、帰る前にあの三人で集まって、そんな言葉を交わした。

家に帰る。私はなるべく明日の不安のことは考えないように努めながら、夕飯のハンバーグを食べて、湯船に浸かった。

風呂から上がって、ベッドの上に寝転ぶ。

「……やっぱり、こわいな」

いつも不安な明日のことを考えるのはこのベッドの上だったから、ここに寝転ぶと反射的に明日のことを考えてしまう。

ステージの上。何百もの視線が注がれる。震える手で握ったマイクに、声を乗せる。

小五以来、人前で話す機会を極力回避しながら生きてきたから、私はきっと、普通の人よりそういう経験が少ない。

ただでさえ人前がこわいのに、いきなり何百人の前で司会をやるなんて。

しかも――今回はみんなのたくさんの練習と期待の上に成り立った、たった一回の本番だ。

私は同時に、高校入試の時を思い出す。

あの時もシチュエーションは違ったけど、似たような気持ちだった。

両親も高いお金を払って塾に通わせてくれた。友達も、先生も、鈴真《すずま》だって、私を勉強面でも心の面でも助けてくれた。そんなに高いレベルの高校を受験するわけじゃないから、知り合いもみんな、私が普通に合格するものだと思っていて。

だからこそ、たった一回の本番で失敗するのが何よりもこわかった。

目をぎゅっとつぶる。

そんなことをしても、今更逃げられないのに。

進藤《しんどう》さんも、高野《たかの》さんも、夏休みに自分の時間を削ってまで集まって練習や打ち合わせを重ねてくれた。もしも私がステージの上でフリーズしてしまったら、そんな二人の頑張りを一瞬で台無しにしてしまうことになる。

せっかく、仲良くなれたのに。

ああ、こわい。

ちゃんと向き合わなきゃと思えば思うほど、私は明日がこわくなる。

明日が。

明日――――。


視界が、真っ白い光に包まれる。


「いよいよだね、栞里《しおり》」

次の瞬間、目の前には鈴真《すずま》がいた。

不安で押しつぶされそうになった私は、今日もあの部屋に飛んでしまったらしい。

でも、やっぱりここは安心するな。今日、来られてよかったかも。

いつもみたいにソファーで鈴真と並んで座って、話を聞いてもらって。

「今からでも逃げちゃいたいよ」

　私は鈴真の前で、本音をこぼした。

「そう言って逃げないのが、栞里だけどね」

「……よくわかってるよね、鈴真は」

　私はそれから、不安をぽつりと零《こぼ》す。

「もし私が本番で失敗しちゃったら、みんなに迷惑かける。みんな、夏休み中も使って頑張って準備してきたんだ。もし私が上手くできなかったら……」

　鈴真は自分の首元を片手で触って、それから困ったように笑う。

「こわい？」

「こわいよ。……明日が、こわい」

「そっか」

　囁《ささや》くような、角《かど》のない声。

　それからしばらく、二人して言葉少なに過ごした。

　最初はソファーに並んで座っていたけど、鈴真が立ち上がって室内を歩き出したので、私もそれにつられてこの部屋の中をゆっくりと歩いてみた。

　合唱曲のＣＤ。小中学校の卒業アルバム。

　色んなものを眺めながら、その前を通り過ぎる。

そうやって室内を改めて観察していると、私はあることに気が付いた。

「ねえ、この前の人間関係のハウツー本、どこにしまったんだっけ？」

この前まであったはずの『人間関係の悩みの九割は杞憂《きゆう》』という本が、どこにも見当たらない。……というか、あれだけ積み上がっていたハウツー本たちがこの部屋から消えている。

「ああ」

鈴真《すずま》はこちらを見て、穏やかに笑った。

「あれはたぶん、もうここにはないよ」

「……どうして？」

「ここは、栞里《しおり》の部屋だから」

鈴真はそれだけ言って、また歩き出してしまった。

私の部屋、ってどういうことだろう。聞き返したかったけれど、今日の鈴真はなんだかそれ以上は喋《しゃべ》ってくれないような気がして、私は言葉を呑《の》み込んだ。

そして再び歩き出した私の目に代わりに止まったのは——懐かしい別のものだった。

「それ、高校入試の過去問集だよね」

「懐かしいね」

私と鈴真が、中三の頃に使っていたやつだ。

確か、入試直前に私たちはお互いの過去問集を交換して、それぞれの得意科目を解いた。おまじないのようなものだった。

入試本番の日には既に、私は鈴真と連絡を取れなくなってしまっていたけど、それでもなんだかあの過去問集を家には置いていけなくて、私は入試会場に持っていったのを覚えている。鈴真の字を見てしまったら平静にはいられなさそうだったから、本当に持っていっただけで鈴真の解いたページは開けずじまいだったけど。

私は過去問集を手に取って、ぱらぱらとめくる。

確か鈴真が解いてくれたのは数学だったから——。

「あ、あった」

私はすぐに、そのページを見つけた。

私のものなのに、鈴真の字で途中式や答えが書いてあって。

「俺の字だ。なんか、やっぱり栞里の字より汚いな」

鈴真も隣から覗《のぞ》き込んでくる。

「俺、入試本番の日、ちゃんと持っていったよ」

「私も持っていった」

私は過去問集を閉じる前に、何気なくその次のページを確認する。

そこには。

「……あ」

問題の書かれていない数学の最後のページの空白に、鈴真《すずま》の字が並んでいた。

『栞里《しおり》はちゃんと頑張ってきたよ。隣で見てた俺が保証します。グッドラック』


「鈴真、これ……」

「あー、俺が数学解いた後にこっそり書いたメッセージかも。なんか恥ずかしいな」

私は思い出す。

問題集を交換して解いたあの日、ファミレスで、鈴真は私の問題集に何やらこそこそ書き込んでいたっけ。

「私さ」

正直に話してしまいたくなって、私は口を開く。

「このメッセージ、今初めて読んだ。会場には持っていったんだけど、本番では、こわくて開けなかった」

私は視線を下げる。

胸の奥で、鈍い痛みが主張する。その痛みの意味を追及するのを、私は自ら放棄した。

鈴真は、たっぷりと間を取って。

それから、特段いつもと変わらない声で言った。

「しょうがないよ。色々、あったから」

それで、会話は途切れた。

私はいつまでも、鈴真の字で書かれたメッセージを見つめていた。

――栞里はちゃんと頑張ってきたよ。

ここで「栞里が一番頑張った」とか「周りは気にするな」とか言わないのがいかにも鈴真らしいし、何より私のことをよくわかっている。

あたたかい気持ちが、かすかに胸に触れた。

それから私たちはソファーに戻って、取り留めのない話をずっとしていた。

明日のことや不安のことはあまり話さないで、ただ時間を溶かすように。

この部屋の魔力なんだろうか。心の内側の不安が、すっと引き始めたのがわかる。

やがて、私は直前に抱えていた不安の形すら、うまく思い出せなくなって。

「栞里」

「……だめだよ、今日はまだここにいたい」

「でも、もうこわくないって顔してる」

「……ずるいよ」

私はこの時間を終わらせたくなくて、鈴真をこの部屋に引き留めたくて。

でも――この部屋の時間は、私の不安が消えたら終わり。

そういうルールだから。

「栞里《しおり》」

「……」

こわいよ。

こわいよって言いたい。不安だからもっと話そうって言いたい。

それなのに――この部屋ではいつも、なぜかそういう嘘をつくことができなくなる。

不安が引いたのに、まだ不安だとは言えなくて。

「うん。こわくないよ」

結局、正直に言うしかなかった。

「よかった」

鈴真《すずま》が笑って。その笑みが眩《まぶ》しくて。そう思ったら、部屋の天井まで眩しく光って――。


私は、自室に引き戻された。

＊

「高野《たかの》、しおりん。いよいよだね」

「気楽にいこうぜー」

体育館の舞台裏。進藤《しんどう》さんと高野さんが、それぞれ声掛けをする。

表に集まった生徒たちの声が、幕を一枚隔ててここには届く。その妙な静けさが、この場所が特別で失敗の許されない聖域なのだと伝えているみたいだった。

あらためて、私は二人の格好をまじまじと見た。

高野さんは舞台裏係だから、クラTのまま。

対して進藤さんは――有名な少年漫画のヒロインのコスプレだ。頭の上に乗った大きな赤いリボンが特徴的なキャラクター。なんだかんだで、進藤さんはそんな派手な衣装を着こなしている。

……すごいな、ちゃんと似合っちゃうんだ。

最後に、私は自分の格好を目視で確認する。

白と黒の、フリフリの衣装。頭には白いレースのカチューシャが付いている。

そう。私に割り振られたコスプレは――メイドさんなのだった。

自分の衣装を確認するたびに、顔が熱くなってしまう。どう考えたって、私に似合う衣装じゃない。これはもっと、華やかで女の子を極めたような子がやるべきコスプレだ。

目をつぶる。手が、小さく震えてくる。

「しおりん」

「えっ」

ふと、自分の名前が呼ばれた。弾かれたように顔を上げると、進藤《しんどう》さんと目が合う。

彼女は、にぱっと笑って。

「超似合ってるよ」

私の全身を見渡して、そう言ったのだった。

「……ありが、とう」

「しおりんさ」

「うん?」

「もっと硬くて真面目な子かと思ってた」

進藤さんが言うと、高野《たかの》さんも頷《うなず》いていた。

進藤さんは言葉を継いで。

「でも、ずっと一緒に練習してて思ったよ。しおりんっておもしろいし、かわいい!」

もう一度、にぱっと太陽みたいな笑顔を見せてくれた。

私が、おもしろくて、かわいい?

言われたことのない言葉をかけてもらって、嬉《うれ》しいやら恥ずかしいやらで、何も言葉が思い浮かばなくなってしまった。あたたかくてくすぐったい気持ちが、広がる。

もし、私のことを本当にそう思ってくれていたとしたら。それは、やっぱりあの部屋の鈴真《すずま》がいてくれたからだと思う。二人との距離が縮まった、海に行った日の前夜、私はあの部屋に飛んだ。不安を和らげてもらった。

そしたら、不思議と極限まで緊張はせずに本番に望むことができた。

「ありがとう」

私は目の前の二人に感謝を伝えた。

「進藤、しおりん、そろそろ出番。ステージ出てくれー」

「え、もう？」

「あいよ！」

私は思ったよりも時間が早く進んでいたことに焦る。

「行くよ、しおりん！」

「うん、……がんばる」

そのままヒロインに扮した進藤さんに手を引かれ、私は光溢《あふ》れるステージに飛び出した。

次の瞬間目に飛び込んできたのは、何百人ぶんの頭。

そのほとんど全員の目が、私たちのほうへ注がれた。

高い視界。うるさいくらいの照明。

一瞬、激しい緊張感で身体《からだ》の内側が真空みたいになる。

どうしよう。これ、ちゃんとやれる自信がない。

声、ちゃんと出るかな……。

でも――その後すぐに起こったのは――トーンの高いみんなの歓声だった。

歓迎されているんだ。

そう分かったら、入りすぎた力が少しだけ抜けた。

どうも〜、と進藤《しんどう》さんと二人で手を叩きながら、私たちは舞台中央まで駆け出していった。

コスプレをした私たちに対して、「かわいいー！」「ひゅー！」と女の子の声が客席からぽつぽつと飛んだ。

ひと通り、声が落ち着くのを待って。

マイクを通して、進藤さんが宣言する。

「後夜祭、はーじまーるよーっ！」

呼応するように、いえーい、と客席から声が飛んでくる。

「司会進行はわたくし進藤とー」

次、私のセリフだ。こんな人前で喋《しゃべ》るの、初めてかも。……やっぱりこわい。

でも、間を開けるのがいちばんだめだから。

「し、しおりんですー！」

私はちょっと声を上ずらせながら、叫ぶように言った。

激しい緊張がまた押し寄せる。

でも、それはすぐにみんなの温かさで溶かされることになった。

「しおりーん」「メイドさーん！」「かわいいよー」

私が緊張しているのが伝わったのかもしれないけれど、全く話したこともない生徒たちが私に温かい声を次々とかけてくれた。思わず、顔がほころびそうになって。

「はーい」

そんな、台本にはない返事までわりと自然に言うことができた。

「じゃあ、待たせてもあれなので、さっそくトップバッターに登場していただきましょう」

進藤さんが言う。私は頭の中の台本をめくる。

「最初はジャグリング部のみなさんですー」

よかった。今度は、ちゃんと言えた。

舞台袖に私たちはそそくさと退散する。

「しおりんいい感じだね」

進藤さんが耳打ちしてくれた。

「緊張しまくりだよ、ずっと」

私は誤魔化《ごまか》すように、笑ってそう言った。

ステージが少し暗くなって、光る輪っかみたいなものをたくさん持ったジャグリング部の人たちが登場する。

演技が始まると、客席は盛り上がった。薄暗い空間の中で、目で追えない数の光の輪が縦横無尽に飛び回って、その全てが生徒たちの手の中に吸い込まれていく。

私はなんだか、感傷的な気分でその光景を見ていた。

私が部活も入らずに適当に生きていた高校生活と同じ時間を捧げて、こんなにすごいことをできるようになった人がいる。別に悲しいわけではないけれど、なんだかその事実が不思議なのだった。

そしてあっという間に、演技は終わってしまう。

「進藤《しんどう》、しおりん、ゴー！」

私たち二人は、再び高野《たかの》さんに合図されてステージへ戻る。

「いやー、トップバッターからこれいいんですか？　ハードルがとんでもないことになってますよ。いやー、次の人たち大変そうだな——」

「そういうこと言わないの！」

私は台本どおり、進藤さんの発言にノータイムでつっこむ。間髪容れずに適度な笑いが起こって、安心した。

「冗談ですよ冗談。茶番はこれくらいにして、次のグループに移りたいと思います。二組目は、この人たちだー」

「ダンス部二・三年生のみなさんです」

私はなんとか言い切って、再び舞台袖にはけていく。

この演技が終わったら、私たちが軽く感想を言うパートがある。

今まではまず進藤さんが喋《しゃべ》って、それに私が反応する形式だったけど。この後のセリフは、まず私から始まる。

私は人前で話すことを意識すると、喉や身体《からだ》が緊張して、たまに上手く喋れなかったりすることがある。だから、スピーチも音読もずっと得意じゃなかった。

今日ここまでは、進藤さんとの会話形式というイメージを持てたから、あまりスピーチみたいな場とは違った意識で声を出すことができている。

でも、次はそうじゃない。

そう考えると――――。

「しおりん」

「え？」

「いや、もう行かないと」

高野さんと進藤さんに言われて、舞台を見ると、ダンス部の人たちがお辞儀をしていた。

……あれ、もう終わっちゃった？

っていうことは、次は私たちのターンで。

急いで私はステージ中央に戻っていく。

今回は、進藤《しんどう》さんより先に私が一言言うパートだ。
早く言わないと。大丈夫。できる。できる。
息を吸って、声を出そうとして、ふと、そこで固まってしまった。
声が出ない。
……あれ。
やばい。やばいやばい。
私が言わないと、場が進まないのに——。
みんな、今日のために夏休み中も準備頑張ってくれたのに。
私一人のせいで……。
部屋。
瞬間、なぜだかその単語だけがぽつんと浮かんだ。
あの、不安の音が遠のいていく部屋。
部屋のこと。部屋のこと——。
『栞里《しおり》はちゃんと頑張ってきたよ。隣で見てた俺が保証します』
ふっと、頭の中に、あの鈴真《すずま》の字が浮かんだ。

それは公立入試の過去問集に、かつて鈴真が書いてくれたメッセージ。

……そうだ。

失敗してみんなに迷惑かけることとか、そればっかり考えていたけど。

私だって、みんなと一緒に準備してきた。

苦手なことから逃げずに、頑張ってきた。

だったら私は——まず、私のために頑張ろう。

ちゃんと、やりきれるはずだから。

そういうことを考えたら、一瞬遅れて——張りつめた喉のあたりが弛緩《しかん》したのが分かった。

……本当に、助けられてしまった。

今なら、たぶん、できる。


「最高っ！　エクセレントでしたねーっ！」

私は、全力でみんなに届くように叫んだ。

「うお、しおりんってそんなでかい声出るんだ！」

すかさず進藤さんがそう言って、場に大きな笑いが巻き起こる。

逆にボリュームの調節を間違えた。

顔が熱い。穴があったら入りたい。でも――。

不思議と、清々《すがすが》しい気分で。

「いや、その……あまりに、よすぎて」

「しおりんにあんな声出させる演技を成し遂げたダンス部のみなさん、優勝です」

「まだ終わってないからっ」

緊張が溶けて、いい感じに掛け合いができるようになってきた。

それからも、後夜祭は順調に進んだ。

軽音部のライブ。有志の漫才。キレキレのオタ芸。

鈴真《すずま》が付いている。そう思ったら、後夜祭を自然体で楽しむことができるようになって、そのぶん司会進行のほうも上手く喋《しゃべ》れるようになって。

自分なのに、自分じゃないみたい。そんな実感を噛みしめているうちに、後夜祭は最後の演目を終えて、幕を閉じた。

「みんな楽しめたかな？　聞くまでもないよね。じゃあ、これにて閉会です！　司会進行はわたくし進藤《しんどう》とー」

「しおりんでしたー」

笑っている進藤さんと目配せをしながら、二人、舞台袖へはけていく。

舞台裏には、ピースサインをして待ち構えている高野《たかの》さんがいた。

「完璧じゃない？」

「完璧だったな」

二人はじっとしていられないといった様子で、その場で飛び跳ねている。

私もそうしたい気分だったけど、後夜祭の魔法が解けて、キャラじゃないことがやっぱり恥ずかしく感じてしまいできなかった。

「しおりん」

「えっ？」

飛び跳ねたままの二人が、私を見て何か言いたそうにしている。

「しおりん、最高だった！」

「ほんと……？」

「ほんとに決まってんじゃん。私、しおりんと司会できてよかった」

「うちもー」

進藤さんと高野さんが、何度も頷《うなず》いている。

私は――なんだか、目の奥が熱くなって、今にも泣いちゃいたいくらいで。

「私も、みんなと後夜祭できてよかった」

やっと、素直に伝えることができた。

「しおりんさあ」

進藤《しんどう》さんが苦笑いで言う。

「最初、私のこと苦手だったでしょ？」

「そんなこと……ないよ」

「それはそんなことあるリアクションじゃん」

進藤さんがゲラゲラ笑うから、私はつい、緩《ゆる》んでしまった。

「……正直、ちょっと苦手だったかも。私とグループ違うし、華やかなほうの子だって、勝手に距離置いてた」

「だよね」

進藤さんが頷《うなず》く。

でも、と私は言葉を継いだ。

「練習続けてたら、進藤さんが目標に真っ直ぐで、私のこともよく考えてくれてるのがわかって。優しくて。今日も、ずっと助けられっぱなしで」

私はこの一か月を思い出す。

不安ばっかりだったけど、今までの私がひっくり返ってもできなかったことができるようになって。進藤さんと高野《たかの》さんとも、本当の意味で繋《つな》がれるようになった気がして。

だから。

「だから、今は私、進藤さんのこと好きだよ」

「……え、やば。きゅんときちゃった」

進藤さんは目をぱちぱちして、照れるように私から視線を逸らした。

「うちは仲間外れかよ」

高野さんが不満げな顔で私たちに抗議する。

「そんなことないよ。高野さんも、好き」

「うちも好きだぜ、しおりん」

なんだろう、この感覚。

自分がちゃんと受け入れられていて、気を張っていなくても安心して自分の気持ちを伝えられるような。こんなこと、今まで鈴真《すずま》くらいにしか感じたことがなくて。

「ねえ、高野もしおりんも。今度また、三人で遊ぼうよ。学校でしか会わないの寂しいしさ」

「さんせーい」

進藤さんの提案に、高野さんが乗る。

「私も……いいの？」

私がおずおずと確認すると、二人は不思議そうな顔をした。

「どゆこと？」

「や、二人とも元々友達だったし、なんか私が入るの変かなって」

「そんなわけないじゃん」

進藤《しんどう》さんは、常識を並べるみたいに私の遠慮を一蹴してくれた。

「しおりんと高野《たかの》と、三人で遊びたいの」

「だぜー」

「……うんっ」

二人とも、私のことを友達として見てくれている。そのことが、嬉《うれ》しくて。

……今なら、言えるかもしれない。

ずっと、二人に遠慮して、空気を壊さないように呑《の》み込んでいた言葉。

でも、海に行って距離が縮まってからは、私だけよそよそしい呼び方をしているのがいっそう寂しくなった。

私はばくばくしている心臓を押さえて、二人に言う。

「二人のこと、ちゃん付けで呼んでもいい？」

一瞬、間があって。

それから二人は私を見て、呆れたように笑った。

「むしろなんで今までさん付けだったんだよ」

「しおりんの好きなように呼んで？」

そう言われた瞬間、あたたかいものが胸全体に広がった。

私は少しだけ緊張しながら、初めて口にする響きを噛み締めた。

「ありがとう、進藤ちゃん、高野ちゃん」

「……これはこれでなんか変な感じしない？」

「同意」

＊

その夜、私は胸がドキドキして中々眠れないままベッドに仰向けになっていた。

「……楽しかった、な」

一度、目をつぶってみた。

でも、寝れそうにない。一秒、二秒、三秒――――。


「……え？」

気が付いた時には、私はあの部屋にいた。

なんで？　今日は、不安で寝れなかったわけじゃないのに。

今までずっと、明日が来るのがこわい、と強く思うことが部屋に飛ぶトリガーになっていた。

「あ、栞里《しおり》」

ソファーに座った鈴真《すずま》が、こちらを振り返って笑う。

「鈴真《すずま》……どういうこと？」

「びっくりするよね」

鈴真は恥ずかしそうに目を逸らした。

「なんか、俺のほうが不安でさ。俺の不安で、栞里《しおり》を呼んじゃったみたい」

「なるほど。不安って、なんの？」

「栞里がちゃんと後夜祭の司会できたかどうか」

「あ、そっか」

私は鈴真を安心させたくて、ちょっと得意げに笑ってみる。

「大成功でした」

「……よかった」

「そんなに心配してくれてたの？」

私も歩いていって、鈴真の隣に腰をおろす。

「なんかさ」

「うん」

「鈴真以外で、はじめてちゃんと友達できたかも」

私が言うと、鈴真は一瞬目を丸くして、それから柔らかく笑った。

「もしかして、苦手だった子？」

「そう。鈴真の言うとおりだったよ」

私は部屋を眺めながら、今日の余韻《よいん》を噛み締める。

きっと、今日と言う日は私にとって大切な思い出に――。

と、そこで、私はあることに気が付いた。

部屋が、なんだか前回来た時より少しさっぱりしている。

ひとつひとつ目で確認していくと――あ、そうだ。

床に落ちていた、あの友情ものの映画のＤＶＤがなくなっている。

参考書の束はあるのに、その一番上に置かれていたあの公立入試過去問集だけがない。

「ねえ、鈴真。部屋、ちょっと片付けたりした？」

「いや、勝手にそんなことしないよ。どうして？」

「前あったものがなくなってる」

「ああ」

鈴真は私の目を見て、言った。

「それは、栞里がもう必要ないと思ったから、なくなったんだよ」

「……え？」

「栞里が、もうこわくないって、きっと思えたんだ」

鈴真は常識を並べるみたいに話す。

つまり、この部屋にあるものはぜんぶ、私の「こわい」ものってことだろうか？

それとも、私の「こわい」の象徴？

消えてしまったのは、友情ものの映画と、鈴真《すずま》がメッセージをくれたあの過去問集。

——私、しおりんと司会できてよかった！

それが今日の出来事と無関係だとは、どうしても思えなかった。

もしもこの部屋にあるものが全部私の「こわい」の象徴だとして。そうしたら、私の今日の出来事で消えた不安に連動して、友情ものの映画やあの過去問集が消えたのも理解できる。

友情ものの映画のＤＶＤがどこかへ消えてしまったのは、自分で言うのは恥ずかしいけれど、今日心を許せる友達ができたからかもしれない。

そして、参考書の中でひとつだけ消えたあの過去問集は、私にとって「本番」の象徴だった。みんなに迷惑をかけたり期待を裏切るのがこわかったあの入試会場に、私がお守りとして持ち込んだもの。

そして今日、私はみんなで準備してきた後夜祭の本番を乗り越えた。

全部、繫《つな》がっている。

海に行った直後に、コミュニケーションのハウツー本が消えたこともそうだ。

この部屋のものは私のこわいと関係していて、決着がついたものから消えていく？

「栞里《しおり》？」

鈴真が心配そうに私の顔を覗《のぞ》き込んでくる。

そこで、気付いた。

もしそうだとしたら。


――どうしてこの部屋に鈴真がいるの？


そんな疑問が頭の中に浮かんだけれど、心のどこかではその答えに気付いている気もした。

ずっと現実の鈴真のことを思い出すたびに、何か不都合なことから目を逸らしているような感覚があった。

私は鈴真に救われて、ここまで生きてきたはずで。

でも本当は、私は鈴真のことを――。

「栞里、大丈夫？」

「え、……ああ、うん」

今はこれ以上考えたくなかった。だから、私は一度切り替えることにした。

今日は、あのキラキラした時間の余韻《よいん》にもっと浸っていたいから。

再び部屋を見渡す。

少しだけものの減った室内。そして、正面にはカーテンの閉まった窓辺。

私はふと思い立つ。そういえば、この部屋に飛ぶようになってから一度も、私はあのカーテンを開けたことがない。だから、この部屋の外の景色を私は知らない。

ソファーから立ち上がる。そのまま窓辺まで歩いて行って。

私は、カーテンを開けた。

「……うわ、……すごい」

その先――窓の向こうの光景に、私は目を奪われた。

「鈴真《すずま》、見て、すごいよ！」

そこに広がっていたのは、光の海だった。

水が流れているのだろうか。光の反射した水面を、暖色の柔らかい灯りがゆっくりと流れていく。……灯籠《とうろう》だ。

窓の左側から右側へと、とめどなく無数の灯籠が横切っていく。

ずっと、ただ見とれていて。頭では何も考えていなかったはずなのに、どうしてか胸がきつく締め付けられた。苦しくて、切なくて。

その痛みで、私はようやく思い出す。

あの日――鈴真と話さなくなった日の数日後には、鈴真と二人で灯籠流しを見に行く約束をしていたんだった。

もう、決して果たされることのない約束。

不安になって、ソファーのほうを振り返った。

鈴真は、何かを諦めるみたいな、申し訳なさそうな顔をしていた。

「鈴真……？」

鈴真はその場を立ち上がり、ゆっくりとこちらへ歩いてくる。

私の隣に立ち、二人並んで窓辺を眺めて。

その顔を盗み見る。その綺麗《きれい》な瞳に、灯籠の火が反射している。

「綺麗だね」

「そうだね」

その声は、なんだか力なく響いて。

「でもさ」

鈴真は、窓の外を見つめたまま、やがてぽつんと言った。

「ごめん、栞里《しおり》。……この窓は、開かないんだ」

またひとつ、その瞳に暖色が流れていく。

＊

部屋から現実に戻っても、私はあの光景を思い出していた。

無数の灯籠《とうろう》と、水が流れる外の世界。

でも、鈴真《すずま》は言った。あの窓は開かないのだと。

「……鈴真」

つかみどころのない言葉だったけど、私には分かってしまった。

それがきっと、架空の部屋の限界なんだ。

二人で灯籠流しを見に行くこと。あの日果たせなかった約束は、私の頭の中の部屋では直接肌で感じることができない。取り戻すことは、できない。

きっと、後夜祭を成功させて気分が上向いているせいもあったのかもしれない。

友達ができた心強さもあったのかもしれない。

それでも、最後は私の意思で、ちゃんと思った。

――鈴真に、もう一度会いたい。

あの部屋じゃなくて、現実の世界で現実の鈴真に、ちゃんと謝りたい。

一方的に遠ざけてしまったこと、ごめんねって言いたい。

考えてみれば、当たり前のことだ。

あれだけ一緒の時間を過ごして、お互いの「こわい」を共有したんだ。私が今も鈴真との思い出と、頭の中の部屋の鈴真に救われて生きているように、鈴真だって本当は、私との過去が引っかかっているはずなんだ。だから――。

「……連絡、とれたらいいな」

今すぐにはできそうにないけど、私はいつか必ず、鈴真に連絡をとろうと決心した。

私たちはあの頃、お互いに寄りかかり合って生きていた。

でも、本当は私ばかり寄りかかって、鈴真に負担をかけてしまっていたのだろう。

だからこそ、私はもう一度鈴真と話したい。

ちょっとくらい成長した今なら、本当の意味で、彼と一緒に生きられる気がするから。

＊

数日後。

私はいまいち鈴真に連絡する踏ん切りがつかないまま、隣町に出かけてきていた。

理由は、新しい服が欲しくなったから。今度、進藤《しんどう》ちゃんと高野《たかの》ちゃんと三人で、お泊まり会をすることになった。でも、考えてみれば私は高校に入ってから誰かと学校の外で遊ぶことがほとんどなくて、だからまともな余所《よそ》行《ゆ》きの服が全然ないことに気づいたのだ。

大型のショッピングモールに入り、エレベーターに乗ってファッションフロアで降りる。

私はちょっと背伸びして知らない名前のおしゃれそうなショップに入ったら、店員さんの押しが強くて、結局予定外の買い物までしてしまった。

でも。なんか、それすら楽しかった。

視界がひらけて、新しい世界に一歩踏み出したみたいで。

私は心がはずんで、エスカレーターでもうひとつ上のフロアも見ていくことにした。

そこは雑貨やインテリアのフロアで、中央に座れる共用スペースが用意されていた。

私はその共用スペースを横切ろうとして――。

そこで、見覚えのある顔を見た気がして、考えるより先に近くの柱の影に隠れた。

心臓がばくばく鳴っている。

手が、震えて。

もう一度、バレないように私は共用スペースのほうを覗《のぞ》く。

「てか、鈴真《すずま》が悪いでしょそれは！」

「俺？　俺悪くないって」

「はははは」

そこにいたのは、高校生くらいの男女四人組だった。

うちの学校にいたら私はあまり話さなそうな、派手で華やかで声のボリュームが大きめの人たち。

でも、そんなことはどうでもよかった。

大きな声ではしゃいでいる男女の中で、一人だけ、心地よいトーンとボリュームで話す男の子がいた。角《かど》のない、柔らかい声で。

笑い方まで、なんだか柔和で雰囲気があって。

「……うそだ」

その男の子は——私が中学時代に「こわい」を共有していた男の子にそっくりだった。

中学時代より髪形を遊ばせていて、なんだかしっかりした身体《からだ》つきになっていて。

でも。

「すず、ま」

見間違いようがない。

その男の子は、鈴真本人だった。

「相楽《さがら》、まじでいい加減二組の篠田《しのだ》と付き合ったら？」

「いや、付き合わないって」

「じゃあ、まさか篠田じゃなくて四組の……」

「ふはっ。いや、ほんとに違うから……って、おい、やめろ暴力！」

「鈴真くんめちゃモテるから付き合っちゃえばいいのに。女除けになるよ、女除け！」

「でも俺、みんなの鈴真くんだから」

「……不思議と鈴真くんが言うぶんにはキモくないんだよな～」

「いやキモいだろ！　騙《だま》されんなよ」

そこには、完成されたグループ特有のノリがあった。
青春を過ごすのに、過不足ない居場所。
その中心で、鈴真《すずま》は何の悩みもなさそうな顔で笑っていた。
私の知らない居場所で、知らない人たちと、馴染みのない言葉でじゃれ合っていた。
「……はは」
心の底が、すっと冷えていく。
温度は際限なく下がっていって、かじかんで、凍てついて、痛くて。
……まあ、そうだよね。わかってた。
やっぱり、鈴真と私じゃ住む世界が元々違ったんだ。
私には鈴真しかいなかっただけで、あの頃から鈴真の周りにはたくさんの人がいた。
その環境が私の知らないものにすり替わっただけ。それだけ。
中学時代ちょっと近くにいただけの女の子なんて、引きずってるわけないじゃん。
こわいものなんてひとつもなさそうな鈴真の顔は、直視するのも辛くて。
私は気がつけば、エレベーターのほうへ駆けこんでいた。
エレベーターの降りる速度が、永遠のように長く感じた。
ドアが開いて、私はまた走り出した。
駅までの途中で、自分が泣いていることに気づいた。そんな自分が情けなかった。

……もう、私が会いたかった鈴真はいないんだ。

あの部屋も、そこにいる鈴真も、ぜんぶ幻想でしかないんだ。

服の袖で、顔を雑に拭う。上手くもないメイクが滲《にじ》んで落ちる。

「……はぁ」

家につく頃には、すっかり日が傾いていた。

遠い夕陽のオレンジを眺めながら、灯籠《とうろう》より眩《まぶ》しくて、優しくない光だなと思った。

四章　高校三年生・秋

空気が肌にやわらかく感じるのは、夏の暑さがすっかり凪《な》いだせいだろうか。

通学路に立ち並ぶ街路樹は華やかに色づいていくのに、私はどこか物寂しいような気分を胸のあたりに感じていた。

「青春、やり残したことばっかりだよ」

離れた席のクラスメイトが、冗談口調で言ったのが聞こえた。

少しして、担任の先生が分厚い紙の束を抱えて、前方のドアから入ってくる。

「おはようございます」

高校に入ってから何百回目の、朝のホームルーム。

それでも――この教室で過ごす時間は、緩《ゆる》やかに終わりへと向かっていく。

「それでは初めに、先日の模試の結果を返却していきます」

挨拶もそこそこに、先生が淡々と言った。

教室がざわめく。

前に受けた模試の結果、もう返ってきたんだ。

先生がひとりずつ生徒を教卓の前に呼んで、大学入試対策模試の結果を手渡していく。

「七村《ななむら》さん」

「はい」

順番どおり名前を呼ばれた私は、教卓の前まで歩いて行って結果の紙を受け取った。

息を呑《の》む。

席に持ち帰ってそれを開くと、第一志望の私立大学の横に「C判定」の文字が、そしてその下の第二志望以下にはそれぞれ「B判定」の文字が刻まれていた。

……よかった。悪くない。E判定まであるうちのこれだから、もし去年受けた模試でこの判定結果だったら何も考えずに喜んでいたような成績だ。

でも――今の私はもう、受験を半年以内に控えている身で。

高校三年生の秋になって返却された模試結果としては……油断はできない、というのが正直なところだろう。

明確な記号で、自分がランク付けされていく。

今まで人との関わりの中で、ぼんやり自分が測られている感覚はあった。でも、いざこうして一枚の紙切れで自分の評価を突き付けられると、冷たく突き放されたような気分になる。

あれから一年とちょっと。

私は高校三年生として最後の文化祭を終え、いよいよ受験に向けてクラスのみんなが真剣さを増していく空気を肌で感じていた。

ふと、高校受験の時も似た空気だったなと思い出す。

そういえば中学の頃は、鈴真《すずま》によく勉強を教えてもらっていたっけ。

私より二つも三つも上のレベルの高校を目指していた鈴真が問題集をすらすら解くのを見な

がら、私は高校生になったら別々になることを初めて意識してしまって、寂しい気持ちになっていた。

……まあ、結局、卒業より前に一緒にいられなくなってしまったんだけど。

鈴真《すずま》も、今頃は受験シーズンだろうか。

脳内に鈴真の姿がフラッシュバックする。

彼は知らない高校生男女と、知らない世界で、楽しそうに笑い合っていた。

あれから、部屋には何度か飛んでいるから、部屋の鈴真とは話している。

でも——この現実世界では、もう鈴真の隣には並んで歩けない。

そんなこと、分かってる。

分かってるつもりだけど、でも——やっぱり寂しくて。

もう会えないのに、どうしようもなく会いたくて、どこにも行けなくなって。

私はまた、こわくなる。


その夜、私は久しぶりにあの部屋に飛ぶことができた。

視界が眩《まばゆ》く光った後で、目の前には、後夜祭が終わった直後に飛んだ部屋——物が少し減って綺麗《きれい》になった景色——とはまるで似ても似つかぬような光景が広がっていた。

中学時代の教科書たち。

学校で使う用の椅子と机。それぞれ何個もひっくり返ったり倒れたりした状態で部屋の床に散乱している。

鈴真に勧められて読んだ詩集。

鈴真が中学時代よく着ていた部活のウインドブレーカー。

鈴真と本格的に話すようになる前にクラス会で行ったお好み焼き屋の看板が部屋の隅で白色に灯っている。

その全部が、本来の色を奪われたように無彩色で構成されていて。

――足の踏み場もない。

そんな荒れ果てた架空の部屋で、鈴真は縮こまるようにソファーの上に体育座りしていた。

……どうして、こんなことになったのだろう。

一旦考えるふりをしてみたけれど、本当は痛いほど理解していた。

「ねえ、鈴真」

「ん？」

「やっぱりこの部屋って、私の心の中と繋《つな》がってるの？」

「俺に訊《き》かれても、わからない」

鈴真はまるで別人になってしまったみたいに元気がなくて。それで、やっぱり確信する。

この部屋のすべては――私の頭の中や心の状態と呼応している。

この部屋がこんなに荒れだしたのは、私が隣町のショッピングモールで鈴真《すずま》のことを偶然見かけてしまったあの日から。

あの日の鈴真は私の知らない居場所で、なんの悩みもなさそうにふざけて笑っていた。

別に、そのこと自体はいい事でしかなくて、私があれこれ言う余地はどこにもなくて。

それでも、ただ事実として、私はなぜだかひどく傷ついてしまった。

きっと心の底では、鈴真も私のことを引きずってくれていることを少しだけ期待していたんだろう。また、二人で一緒に生きていける未来だって、頭の隅では考えていた。

でも、鈴真にはもう私なんて必要ないんだと分かってしまった。

そもそも、あの頃だって――――。

そういう私の心の荒れ方とちょうど重なるみたいに、この部屋には物が溢《あふ》れて、荒れて、ぐちゃぐちゃで足の踏み場もなくなっていって。

「鈴真、カーテン開けていい？」

「うん」

あれからの鈴真は、私と必要最低限のことしか話してくれない。

私はふと思い立ち、散乱した教科書や衣類を踏みしめながら窓際まで歩いていく。

「……そうだよね」

カーテンを開けた窓の向こうの景色は、随分と寂しくなってしまっていた。

あれだけたくさん浮かんでいた灯籠《とうろう》はどこかに消えてしまって、たまにひとつだけぽつんと上流から流れてきたりはするけれど、後夜祭の後に見たような世界はもうどこにもない。

私は後ろめたい気持ちになって、カーテンを閉めた。

「鈴真、元気ないね」

「そう、かな」

「でも、いいよ。今日はゆっくりしよ」

それからも鈴真に今日の出来事や楽しかったことを話してみたけれど、会話はぜんぜん弾まなかった。

白黒の部屋で、二人黙ってぼんやり時間を食いつぶして。

「私たち、あとちょっとで高校生じゃなくなるんだね」

「そうだね」

「こわいな」

私が言うと、鈴真は弱々しく微笑んだ。

「大丈夫だよ、栞里《しおり》は」

「どうして」

「……栞里は、ちゃんと進んでるから」

それはなんだか捉えどころのない言葉で、私は何も言えなくなる。

それじゃあ、まるで、鈴真《すずま》が進んでいないみたいに聞こえたから。

そう思って、ふと隣の鈴真を見て……やっぱり目を逸らす。

ずっと目を逸らしていたことが、こんなタイミングで。

——栞里《しおり》は、ちゃんと進んでるから。

私はもう、この部屋の鈴真から目を逸らすわけにはいかなかった。

「ねえ、鈴真。なんでもいいからさ、鈴真の高校生活のこととか、新しくできた友達のこととか……そういうの、私に聞かせてよ」

声がひどく震えていた。

こわくて、ずっと確かめられなかった。

この部屋で過ごす時間は、いつも私が自分のことを話す役で、鈴真は話の聞き役だった。

だから、私はこの部屋に来てからずっと、もっと言えば中三の夏からずっと、鈴真自身のことや近況について一度も訊《き》いていない。

訊かなければ、曖昧《あいまい》なまま濁しておけると思った。

でも、やっぱりずっとそのままにしておくことはできなくて。

何より、それはとても寂しいことで。

「ほんとに、なんでもよくてさ」

申し訳なさそうな顔をした鈴真は、あの頃のままで。

それは面影があるとか、そういうレベルじゃなくて、本当に中学三年生の彼の姿そのもので。

三年が経ったのに、不自然なくらい変わってなくて。

あのショッピングモールで見かけた高校二年生の鈴真より、ずっと幼くて――――。

「ごめん」

そう言った鈴真の声も、震えていた。


「俺にもわからない。わからないから、話せない」


その鈴真の言葉で、目を逸らし続けていた全てが確定してしまった。

想像していたよりも、ショックはなかった。

自分自身のことがわからない、と目の前の鈴真は言った。

やっぱり、この部屋にいる鈴真は、鈴真だけど鈴真じゃないんだ。

私の心の中の部屋にいる鈴真は、本物じゃなくて、私の心が作り上げた鈴真だったんだ。

さっきの鈴真の言葉こそ、その証拠だ。

私は、中三の冬までの鈴真しか知らない。

だから、部屋の鈴真は見た目も中学三年生のままだし、私の知っている以上の鈴真自身のことは絶対に話してくれない。

知らないから、話せないのだ。

結局私は、中学時代の彼にずっと縋《すが》っていただけだった。

私のための、私だけの、心の部屋。

「……うん、そうだよね。わかんないよね」

「ごめん」

「なんで鈴真《すずま》が謝るの」

放った声は、思ったより暗い響きを帯びて、部屋の床に落ちていった。

ふと、床に転がった中学の卒業アルバムが目に付いた。

拾い上げて、開く。

私と鈴真のクラスのページはすぐに見つかった。

私は冴えない顔で、誰の記憶にも残らなそうな曖昧《あいまい》な笑みを浮かべている。

そして写真の中の鈴真は——クラスの中心にいた人間には似つかわしくない、私と似たような曖昧な表情を浮かべて、アルバムの向こうからこちらを見ていた。

「今日はもう、終わりにしようか」

「……え？」

鈴真が突然言うから、呆然としてしまう。

一瞬、何を言われているのか分からなかった。

でも、直後に天井が眩《まぶ》しく光り始めて、理解する。

——今日の二人の時間が終わるんだ。

いつも必ず、部屋の終わりは私の不安が消えるタイミングだった。

今日はもう、こわくない？

いつも鈴真は、私にそう聞いて確認してくれた。

それすら、変わってしまったのか。

今回の「部屋」を終わらせたのは、私じゃなくて鈴真だった。

天井の眩しさに、目が開けられなくなって————。


「すず、ま」

自室のベッドの上。

現実に戻った私は、少しだけ泣いていた。

＊

世界が色を失った。

高二、鈴真をショッピングモールで見かけた後の私の目には、しばらく本当に世界がそんなふうに映っていたのを鮮明に覚えている。

まるであの部屋みたいに、現実世界も全部が色あせて見えてしまう。

進まない朝食をなんとか食べきって、登校する。

授業はぼーっとして過ごす。

でも、授業を受けている間すらずっと漠然と不安で、結局頭の中からは逃げられない。

そんな日々をあの頃はただひたすら繰り返した。

あれは紛れもなく、沈み切った日々だったけれど。

でも、だったら今の私は――。

「……すずま」

傷つくのが嫌で、鈴真《すずま》のことをいつからか日常であまり考えないようにしている自分がいた。

彼のくれたものがあったから、ここまで生きてこられたのに。

最近の私は――大切な人のいない現実に、必死で適応しようとしているみたいだ。

でも、だったらこれから先ずっと、私は目を逸らしたまま生きていけるんだろうか？

不安だ。こわい。

こわいな。

そんなことをぐるぐる考えているうちに、高三になった私のクラスのより受験に特化した授業は終わって、私はとぼとぼ帰り道を歩く。

気まぐれでコンビニに寄ったら、中学時代に鈴真と二人で食べたコンビニ限定のきなこもちどら焼きが売っていて、私は思わず買ってしまった。

また歩き出して、家を目指しながらどら焼きを一口齧《かじ》る。

「……おいしい」

一瞬で、あの頃の優しい温度が身体《からだ》中に広がった。

景色が、蘇る。

かけがえがなくて、二度とは戻らない時間。

一番安心できる居場所。

古びた木製のベンチ。滑り台。限られた範囲だけを照らす常夜灯。

気がついたら、自分でも驚くくらい涙がこぼれていた。

そんな自分が恥ずかしくて、直視したくなくて、私は家までの道を走って帰った。

洗面所で雑に顔を洗って、涙の跡を隠す。

自室に帰ると、力が抜けてしまった。

スマホを片手に、なんとなくＳＮＳをひと通りチェックする。

すると、ＤＭに一件の新着通知があった。

「……ひな、ちゃん？」

開くと、別の高校に進学した中学時代の友達から数年ぶりに連絡が来ていた。

《久しぶり！》
《突然でごめんだけど、栞里《しおり》って中学時代、相楽《さがら》くんと仲良かったりしたよね？》

内容を確認すると同時、目に飛び込んできた「相楽くん」の文字に私は驚く。
あの頃、私と鈴真《すずま》が夜の公園で人生の作戦会議を重ねていたことは、みんなには言っていなかった。それでも、誰がどこで見ていたのか、はたまた教室での私たちの距離感の変化で感づいたのか、私と鈴真がそれなりに仲良くしていたことを知っている中学時代の同級生はちらほらといる。その一人が、ひなちゃんだった。

《久しぶりー》
《話す機会は多かったけど、相楽くんがどうかしたの？》

私はばくばくする胸を押さえて、文字を打って送信する。
五分ほどして再びＳＮＳを開くと、ちょうど返信が来ていた。

《相楽くんの昔使ってたＳＮＳってフォローしてる？》

そう言われて、考える。

鈴真がメインで使っていた、今もひなちゃんとのDMで使っている写真系のSNSは、あの日——中学三年生の夏に、衝動的に繋《つな》がりを絶ってしまった。

鈴真がそれ以前に使っていたアカウントなんてあっただろうか？

そんなことを考えていたら、追ってもうひとつDMが届く。

《こっちじゃなくて、つぶやきのほう》

そう言われて、一瞬なんのことかわからなかった。

つぶやきのほう——文章系のSNSは、私たちが中学に入った頃は少し盛り上がっていてそこそこの人数が友達同士のアカウントを使っていたけれど、中学二年になる前には既に写真系のほうが主流になって、「つぶやき」のほうは使わなくなって、私も同じ感じで見なくなっていた。

と、そこで、思い出す。

そういえば鈴真と話すようになった頃はギリギリまだつぶやきSNSのリア垢を運用している人もいて、その中には鈴真もいた。鈴真はほとんどアカウントを動かしていなくて、フォローしている人数もフォロワーも少なかったけれど、一応私もＩＤを交換したんだった。

《確か中一の頃に交換だけしたはずだけど、それがどうしたの？》

すぐに返信が来る。

《いや、うちもたまたまフォローしてて、この前四年ぶりくらいに開いたんだけど》
《相楽《さがら》くんが、あっちのアカウントで不穏なことつぶやいてて》
《気になったから、ちょっと栞里《しおり》に聞いてみた》
《知らなかったならスルーでいいよ！》

鈴真《すずま》が、不穏なこと？

私は気になって、数年ぶりに文章系のＳＮＳを開く。

ログインし直さなきゃいけないらしいけれど、パスワードを覚えていない。

何度も弾かれた、その後。

「……あ、入れた」

四回目のトライで、私はようやくパスワードを突破し、もうほとんど人がいないはずのタイムラインを開くことができた。

タイムラインに、フォローしている人の呟《つぶや》きが表示される。

瞬間――私の目に飛び込んできたのは、見覚えのある文章だった。

《生きてるのに、生きてないみたい》

「え……」

目を疑った。

アカウント名はひらがなで「さがらすずま」。

彼が大昔に使っていたアカウントから呟かれていたのは。

「……なんだよ、それ」

私と鈴真がDMや通話を始めるきっかけになった、中一の私がSNSに投稿した病みポエムな恥ずかしい文章だった。

なんで。

なんで鈴真が、今更そんなこと呟いてるんだ。

中一のあの日、私は恥ずかしくなって投稿を一瞬で削除した。だから、あの文章を目にしたのは一部の人だけだし、ましてや覚えている人なんて、この世で一人しかいない。

鈴真《すずま》しか、いないのに。

どうして。

去年ショッピングモールで見かけた鈴真はあんなに幸せそうで、悩みなんかなさそうで、キラキラした居場所があって、華やかな人に囲まれていて——。

私は投稿をスクロールする。

人がいなくなったＳＮＳの最新のほうの投稿は、ほとんど鈴真のものだった。

《こわいな》
《もう戻れないのに》
《ずっと、誰かの目ばっかり気にしてる》
《こわい》
《どうして、言われてもないことがこんなに気になって仕方ないんだろう》
《こわい》
《こわいよ》
《明日が、こわい》

呼吸が浅くなる。

苦しいのに、目が離せない。

心配で、不安なのに。

泣きそうなのに。

どこかで私は、救われたような気さえしている。

感情がぐちゃぐちゃだ。

じっとしていられなくなる。

もし、これが、鈴真の本心なんだとしたら。

私が勝手に決めつけただけで、鈴真も本当はまだ「こわい」に怯えているんだとしたら。

――生きてるのに、生きてないみたい。

鈴真があの日の私の投稿を、一言一句そのまま別のSNSに投稿した意味を考える。

考えなくても、このメッセージに意味を汲み取れるのは、この世界で私以外に存在しない。

それなら。

この投稿は、もうこのSNSを見ていないはずの私に宛てたメッセージなのではないか。

鈴真の、SOSだったんじゃないか。

そう考えだしたら、止まらなかった。

隣町で見た鈴真は、あんなにも楽しそうにやっていた。

でも、もしその奥にまだ、鈴真の「こわい」が隠れていたとしたら？

そのこわいに、気付いてあげられるのは。

ずっと、鈴真《すずま》に救われて生きてきた。

中学時代は彼との時間に、卒業してからは彼との思い出や彼のくれた言葉に、部屋に飛ぶようになってからは部屋の鈴真に。

心に灯った彼の温度で、私はかじかんだ手を温めながらギリギリで生活してきた。

でも、今、そんな彼が誰も見ないような場所で、ひとりで苦しんでいるかもしれない。

中三の夏、私はクラスメイトの前で「こわい」を語る鈴真を見て、一方的に彼のことを拒絶した。

高二のショッピングモール、私は楽しそうに笑う鈴真を見て、その場から逃げ出した。

ずっと、本当のことを確かめる勇気が出なかった。

洟《はな》を啜《すす》る。涙が溢《あふ》れる。

私はこのまま何もせず、心に閉じ込めた彼とただ過ごしているだけでいいんだろうか。

私は彼に、救われたままでいいんだっけ。

「……でもさ」

私は心の片隅では、鈴真がまだ私のことを覚えていてくれたことを嬉《うれ》しく思っている。

でもそれと同じくらい、心の別のどこかでは心配で、不安だ。

鈴真が今になっても、まだこわいに怯えている。

感情の板挟みにあって、結局、その日は一睡もできなかった。

部屋に飛ぶことも、なかった。

＊

翌週、私は進藤《しんどう》ちゃんの家で勉強合宿に参加していた。

メンバーは進藤ちゃんと高野《たかの》ちゃんと私の三人だ。二時間ほど各々のやりたい教科の参考書と向き合った後で、今はしばらくの休憩時間。

「この前さ。中学の頃、一番大切だった人のＳＮＳ、偶然見つけちゃってさ」

進藤ちゃんが何かを懐かしむみたいな目で、そう切り出した。

その言葉が今の自分と重なって、思わずうろたえてしまう。

「あれ、進藤って中学時代彼氏いたっけ？」

高野ちゃんがそう訊《き》くと、進藤ちゃんは首を横に振る。

「ううん、彼氏じゃないよ。なんて言ったらいいかな……友達とも違うし、名前を付けるのが難しい関係だったんだよね」

「へえ」

進藤ちゃんはそれから、自分の中学時代の話を私たちに聞かせてくれた。

「私テニス部だったんだけど、うちの学校のテニス部は男女纏《まと》めて一つの部活って感じで、ミーティングとかも一緒にやってたから割と仲良かったのね？　それで、偶然仲良くなった男子がそいつ」

進藤《しんどう》ちゃんとその子は中二の大会で選手にギリギリで選ばれず、補欠だったのだという。

それがきっかけで、二人は皆が見ていない所でこっそり練習をする仲になったらしい。

「色々やったよ。走り込みも毎日のようにしたし、夜の学校に忍び込んでコート借りたりもした。まあ、バレて怒られたんだけど」

進藤ちゃんの瞳に、愛おしむような光が散っている。

「絶対、中三の最後の大会は二人で選手になろうねって頑張ってた。……でも、結局メンバーに選ばれたのは私だけで、向こうは男子の補欠だった」

その唇が、固く結ばれている。何かを悔やむみたいに。

「それでも、変わらない関係で居続ける方法なんていくらでもあったんだと思う。……でも、なんとなく気まずくなっちゃってさ。お互いに、あんまり話さなくなって。そのまま卒業した」

進藤ちゃんはそこで、誤魔化《ごまか》すみたいな笑みを作った。

「あんまり綺麗《きれい》なお別れできなかったけど。……それでも、割といい思い出にはなってるんだ」

そんな感じ。そう言って、進藤ちゃんは自分の話を終わらせた。

いい思い出。

それは、完全にその人のことを過去の話と突き放すような響きがあって。

私は進藤ちゃんの話に、私と鈴真《すずま》の中学時代を重ねて聞いていた。

友達でも恋人でもないけど、一番大切で。

でも、お互いの本当の気持ちを確認しないまま、関わるのをやめてしまった。

だから、自分の話でもないのに、「割といい思い出にはなってるんだ」という彼女の言葉に胸が締め付けられた。

私はこのまま過ごしていたら、鈴真との過去を「いい思い出」にしてしまうんだろうか。

してしまえるんだろうか。

それで、私は納得できる？

……。

……嫌だな。

私の心は、進藤ちゃんの話を聞くことで、やっと本心を口にした。

そっか。

私は、嫌なんだ。

こんなになってなお、鈴真とのことを、私はただの思い出にしたくない。

過去にしたくない。

「しおりんはどうなの？」

「えっ？」

「中学時代の話、前に海行ったときちょっと話してくれたじゃん」

話の番は、突然私の手元に回ってきた。

頭に浮かぶ鈴真《すずま》の顔。あれも、名前の付いた関係ではなかったけど。

考えてみたら、私は誰にも鈴真と過ごした時間についてちゃんと話したことがない。

だから、今でも微妙に抵抗がある。

でも、この二人になら話してみたいと思っている自分もいた。

「うちもしおりんの中学時代のこと知りたい。考えてみたら何にも知らんし」

「ほんと……？」

「うん」

「じゃあ、あんまりおもしろい話ではないかもしれないけど」

最後は高野《たかの》ちゃんに背中を押されて、私は人生ではじめて、あのかけがえのない時間のことを人に話すことにした。

「中学時代、鈴真くん、っていう大切な人がいたっていう話はしたと思うんだけど――」

そう話し始めると、私は驚いた。

頭の中で何度も繰り返し反復してあの頃を思い出していたせいで、まるで何十回も人前で語ったエピソードみたいに、すらすらと言葉が出てくる。

私は自分にびっくりしながら、前にちょっと話したことも含めて、時系列に沿って鈴真との日々を語った。

病み投稿に、反応をくれたこと。

そこから話すようになったこと。

いつも夜の公園で二人集まって、お互いの人生と不安について語り合ったこと。

でも、鈴真は私とは元々住む世界が違ったこと。

あの日――中三の夏、私が二人だけのものだと思っていたことを、鈴真が友達にふざけながら話しているところを偶然見てしまったこと。

一方的に、関係を絶ってしまったこと。

「……って感じ、です。……あんまり、上手く話せなかったかな」

「しおりん」

「進藤《しんどう》ちゃん……って、え」

話し終えて少し後に確認した進藤ちゃんの瞳は、今にも泣きだしそうなくらい潤んでいた。

「しおりん、苦しかったんだね」

彼女は目線を落として、続ける。

「きっと、素敵な人だったんだろうな」

「……うん。鈴真は、すごい人なんだ」

「しおりんはさ」

彼女と、目が合う。

「その人のこと、ずっと忘れられないんだ」

「……え」

「いや、知らんけどさ。そういう感じがしたから」

人に改めて言われると、それが新しく発見した事実みたいに思える。

……そっか。

私、鈴真《すずま》のことが忘れられないまま、高校三年生になったんだ。

「しおりんって、そのままで納得してる?」

高野《たかの》ちゃんが言う。

「その鈴真くんって人ともう会えなくても、それはそれでって感じ?」

「それは……」

「いや、単純に気になっただけ」

そこで、言葉に詰まった。

返す言葉がどこにも見当たらなくて。

今まで、頭の中でぼやけて散らばっていた想いが、誰かにまとまったエピソードとして話したことでひとつになって、明確な輪郭を帯びていく。

そこにあったのは、どうしようもないくらい単純な気持ちだった。

――私はまだ、鈴真のことを過去にしたくない。

「一生会えないのは、嫌だ」

結局私は、それだけ口にした。

*

勉強合宿から帰ってきた日、私は久しぶりにあの部屋に飛ぶことができた。

広がったのは白黒の物たちが足の踏み場もなく散乱した景色と、その中心でソファーに腰掛ける中学三年生のままの鈴真の姿。

「久しぶり」

「……うん」

鈴真は小さく返事をしてくれた。

私はソファーまで歩いていき、彼の隣に腰掛ける。

「鈴真は、最近どう？」

「……」

「……って、ごめん。聞かれても、困るよね」

小さく息を吸って、吐いた。

そこから見えるのは、全部が私の「こわい」の象徴だった。

「私はさ。やっぱり、こわいものばっかだ」

「……」

様々な合唱曲のＣＤが散らばっている。小学五年生のあの日のトラウマ。

「ひとつこわくなくなったって思っても、またこわいものできるし」

「……」

お好み焼き屋の看板。クラス会でどう振る舞うか怯えていた私のこと。

「私、鈴真《すずま》がいなかったらどうしてたんだろう。中学時代に、あの公園の時間がなかったら、今頃ひとりでふさぎ込んでたかも」

「……」

棚には、卒業アルバム。成長しなくちゃいけないのに、できない苦しさ。

「未だに新しい居場所をつくるのはこわいけど、大切な居場所のことを知らないまま生きるよりは、ずっとよかった」

「……」

全部、私の「こわい」に結びついている。

「鈴真の隣、居心地よかったな」

そして。

隣を見る。

中学三年生の夏から全く変わらないままの鈴真が、諦めたように笑っている。

――鈴真。

私の「こわい」だけでできた部屋に、最初からずっと鈴真はいた。

ずっと目を逸らしてきたけれど、今ならわかる。

私は――鈴真がこわいんだ。

大切だけど、その分だけこわいんだ。

鈴真のこわいが、私のこわいと全然違うこと。それを面と向かって確かめるのがこわかった。

一度拒絶してしまったら、もう一度向き合うのがこわくなった。

こちらから切り出して、拒絶されたら立ち直れないと思うから、それがずっとこわかった。

拒絶されることが、今もずっとこわい。

一番大切だったから、一番こわかった。

小学五年生の頃、合唱コンクールでみんなに意見して拒絶されたあの時から、ずっと人の顔色や評価がこわかった。機嫌を伺《うかが》っていた。

また拒絶されることを考え出すと、不安で身動きがとれなくなった。

でも――鈴真は私が見ているかもわからない場所で、私にしかわからない言語で、静かにSOSを出していた。

《生きてるのに、生きてないみたい》
私はそれを見てしまった。だからもう、知らないふりはできない。
それなのに――今は他の誰より、鈴真《すずま》に拒絶されることがこわい。
「どうしたら、私は鈴真の力になれるかな。鈴真を、救えるかな」
声は、部屋の空中に溶けて消えていく。
長い沈黙があった。
それから、鈴真はゆっくりとこちらを振り向いて。

「わからない」


途方に暮れるみたいに言った。

「……そう、だよね」

部屋の鈴真にこんなことを聞くのは、本当にずるいことだ。

結局、私が逃げているだけだから。

「ごめん。なんでもない」

私は、ひとりで震えているかもしれない鈴真と、もう一度話したい。

でも、それと同じくらい、鈴真に拒絶されるのがこわい。

「俺は、栞里《しおり》が知っていることの他には、何も知らないんだ。力になれなくて、ごめん」

「……なんで鈴真が謝るの」

私は精一杯に、笑顔を作ってみせた。

物でいっぱいの私の心の部屋。

そのどこにも、答えは転がっていない。

結局最後は、私の頭で考えて、悩んで、自分で一歩を踏み出す以外に道はないみたいだ。

「今度は、私が鈴真を助けたい」

＊

「……うぅ」

部屋の中でひとり悶えている。あの部屋ではなく、現実の自室。

「これで本当に、私の勝手な想像だったらどうしよう……」

部屋の鈴真に「わからない」と言われてから、三日が過ぎた。

結局私は、鈴真にＤＭひとつ送れていない。

確かに写真系のＳＮＳはもう繋《つな》がっていないけれど、もし鈴真が「つぶやき」のほうを見ているんだとしたら、そこ経由でメッセージを送ればいい。そもそも、メッセージアプリのほうだって確認していないだけでまだ繋《つな》がっているかもしれない。

だから私が勇気ひとつ出せば、全ては解決するのだった。

そんなこと、知ってるけど。

でも、こわいんだ。

思えば勉強も全然手についていない。

少し気を抜くと鈴真《すずま》のことばかり考えている。

そしてメッセージを送った時に、もし拒絶されたらという想像ばかりしてしまって、不安ばかりを育てている。

でも、あれ以来いくら不安になっても、あの部屋には飛べない。

最後は自分でなんとかしろ。そう言われている気がする。

《こわい》

《こわいよ》

《明日が、こわい》

そんな鈴真の呟《つぶや》きを、私はただじっと見ていた。


それからは一日一日が、タイムリミットみたいに感じられるようになった。

別に期限なんてないのだけど、ずっとこんな状態のままじゃ身体《からだ》も心も持たない。

学校に行く。

いつものメンツの会話に申し訳程度に参加する。

昼休みは進藤《しんどう》ちゃんと高野《たかの》ちゃんと三人で誰からともなく集まって、笑いながら話をする。

午後の授業が終わって、家に帰る。

身の入らないまま、勉強のために机に向かう。

夜ごはんを食べた後は、ひたすら鈴真のアカウントとのＤＭ画面を開きながら、不安で死にそうな時間を過ごす。

でも、結局何もできないまま明日を迎える。

そんなサイクルの日々が、一週間と少し続いた。

苦しい。

不安なことなんて限られているから、毎日同じ内容の不安について苦しみ続けるのは単純におかしくなってしまいそうになる。

……とりあえず、文面一度打ってみよう。

送れなかったら、それはそれで。

私は風呂上がり、鈴真に送る文章を作り始めた。

《久しぶり、七村栞里《ななむらしおり》です。こうして連絡を取るのは中学三年生以来のことで、しかも最後に交わしたのはあんなメッセージだったのだから、今更何を勝手なことを、と思うのも当然だと思います。でも、実は私は私なりに、ずっとあの日のことを悩み続けていました。あの日、私はあなたに――》

最初に作ったのはかなりの長文になってしまって、普通に自分が送られても引いてしまいそうな内容だった。すぐに消した。

もう一回。

《お久しぶりです。中学で同級生だった七村栞里《ななむらしおり》です。もし思い出せないようなら、スルーしてもらってかまいません。長い間何度もあなたに連絡をとろうと悩んだのですが、こちらから連絡を絶ってしまったこともあり、なんて言えばいいのかわからなくなって、結局こんなにも時間がかかってしまいました。私は最近――》

二度目に作ったのは、ちょっと他人行儀になった。悪くはないけれど、本当に伝えたいことは何一つ伝わっていない気がした。おまけにまた長文だった。悩んで、消した。

もう一回。

そして三度目に文面を作る時に、ふとあの頃の鈴真《すずま》とのやりとりを思い出した。

――生きてるのに、生きてないみたい。
あの日、私の心から零《こぼ》れ落ちた言葉。
それに、鈴真が返してくれた文章は。
――七村も、こわくなったりするんだね。
今も心の奥に刻まれている、一番最初に彼がくれた言葉。
そっと、私の「こわい」を掬《すく》い上げてくれた。
もし、鈴真にあの頃と同じ返信をしたら、鈴真はどう思うだろうか。
私がＳＯＳに応えたいという気持ちは、少しでも伝わってくれるだろうか。

《鈴真も今でも、こわくなったりするんだね》

ＤＭ欄に打ち込んでみた。
送信を勢いで押そうとして、指が震えた。
これで、本当に全部確定してしまうかもしれないんだ。
現実を見なきゃいけなくなるんだ。
……鈴真はとっくに私なんか忘れている可能性だってあるのに。
そう思うと、こわくて泣きそうだった。

私はどうしようもなくなって、目を瞑《つむ》って、見えないままスマホの画面を人差し指でタップした。そうすれば、少しは必要な勇気が減ると思ったから。

ゆっくりと目を開ける。

画面には、私のメッセージが鈴真《すずま》に向けて送られたことが示されていた。

「……送っちゃった」

意味なんかないけれど、私はすぐに画面を消して、スマホをベッドの上に放り投げた。

緊張で、全身がむずがゆい。……でも、ちゃんと送れた。

結局、その日はろくに眠れず、鈴真からの返信もなかった。


それから私は、起きている間は数分に一回は鈴真からのＤＭが来ていないかを確認した。

一日、二日、三日。

どれだけ不安になっても、虚しくなっても、あの部屋には飛べず、だから私はひとりぼっちで震えながら夜を過ごした。

鈴真は高校生になってから、どんな夜をどんな速さで過ごしてきたのだろう。

知る由もないけど、乗り越えてきた夜の数だけは私と同じはずなんだ。

返信がこないまま、私は五日目の夜を迎えた。

その日は雨が降っていて、打ちつける雨音が私の自室からもざあざあと聞こえていた。

「……あ」

もう来ない返信を確認するのも慣れっこになっていて、だから油断していた。

私はベッドにうつ伏せになりながらスマホでつぶやきSNSを開くと、DM欄に通知が来ていた。

心臓が跳ねた。鋭い緊張が身体《からだ》を支配する。

私は薄目で視界をぼやかして、DM欄を覗《のぞ》く。

一番上に表示されたのは「さがらすずま」。

……返事、くれたんだ。

本当に、鈴真が。

メッセージ欄をタップすると、そこには吹き出しとともに、たった一行のシンプルなメッセージが表示された。

《今でもこわいよ》

鼻の奥が、つんとした。

それで、私は自分が泣きそうになっているのだと気付く。

その一言が、鈴真の声を纏《まと》って、頭で鳴った。

それだけのことで、涙が溢《あふ》れてきて、抑えることはできなかった。

「……う、っ」

画面が滲《にじ》む。唇が震える。

懐かしくて、嬉《うれ》しくて。

たったひと言で、鈴真《すずま》もまだあの日と地続きの場所にいるんだってわかって。

それが、あたたかく切なく、胸いっぱいに広がって。

「すずま……」

私は今度は迷うことなく、メッセージを打って、そのまま送信した。

《よければ、久しぶりにこわいの話、しない?》

十分ほどして、返信が来る。

《いいの?》
《栞里《しおり》がいいなら、したい》

《いいよ》

それからしばらく、私たちはＤＭ上でやりとりを続けた。

そこには、中学時代と変わらない温度があった。

お互いに、そっと呟《つぶや》くみたいな言葉で。

私がひとつ言ったら、鈴真はそのひとつに自分色の言葉を添えてくれて。

そうして少しずつ膨らんでいく会話が、私の世界の霧を晴らしていく。

見えるようになった視界で、私はようやく自分が世界にひとりきりじゃないことを知る。

やがてどちらからともなく、通話をしようという話になった。

どうやら、メッセージアプリのほうの連絡先はお互いに切っていなかったようで、私たちは通話をするためにそちらへ移動した。

ずっと泣いていたから、顔も心もぐしゃぐしゃで。

鈴真にそんなところを見せたくなくて（ただの通話だから顔は見えないけど）、私は一度洗面所に行って顔を入念に洗った。

涙の跡を消して、再び自室に戻る。

《じゃあ、かけていい？》

メッセージアプリ上で、鈴真《すずま》からそう送られてくる。

実感がなかった。

私はこれから鈴真と、三年ぶりに電話をする。

ずっとあの部屋で不安を聞いてもらっていたけど、それとはわけが違う。これは私の頭の中じゃなくて、現実なんだ。

現実だから、お互いの時間を使って、お互いのことを言葉で交わす。

現実だから、お互いに傷つけ合うことだってできてしまう。

そんなことを考えていたら、着信でスマホが震えた。

「……よし」

すぐに出ることもできたけど、結局私は5コール目を見送ったあたりで、おずおずと電話に出た。

「……」

『……』

電話に出てからお互いにしばらく無言で。

でも、今回は私の意志で鈴真と連絡を取ったんだから。

「もしもし。……鈴真、聞こえてる？」

声が震えるギリギリで耐えているのが、自分にだけわかる。

鈴真が、息を小さく吸う音が聞こえて。

『聞こえてるよ。栞里《しおり》も、聞こえてる？』

鈴真だ。鈴真の声だ。

鈴真の声は、あの部屋の鈴真が発するものよりも少しだけ落ち着いたトーンで、大人っぽくなっていて――でも、あの頃と変わらない、角《かど》のないまあるい声で。

……ダメだ。

今は、泣いちゃダメだから、頑張れ。

「うん。聞こえてるよ」

『……そっか。よかった』

「……久しぶり」

『久しぶり』

「……」

『栞《しおり》』

「……うん？」

『メッセージくれて、嬉《うれ》しかった。ありがとう』

「……ううん、いい」


ぎこちない会話。

そのリズムが、三年という時間の隔たりを象徴していた。

「鈴真《すずま》、最近どう？」

『あ、久しぶりに話す人専用のやつだ』

「……もう」

『冗談』

「……ふっ」

『……はは。なんか、懐かしい』

「ね」

『栞里、元気だった？』


そう言われて、考える。

結局、あの頃と何も変わってないし、不安症のままだし。

……でも。

部屋の鈴真に救われながら、色々なことを乗り越えてきた。

新しい友達もできたし、進藤《しんどう》ちゃんと高野《たかの》ちゃんとも仲良くなれた。

少しずつ、歩き始めている。

だから。


「うん。ちゃんと元気にやってるよ。それなりに、だけど」

『そっか。よかった』

「鈴真は……」


どう？　と聞こうとして、そもそも私は鈴真の不穏なつぶやきを見て連絡したことを思い出す。あんまり、聞かないほうがよかったかな。

『気まずそうなのやめてよ。俺もそこそこ元気だって』

「ほんと？」

『栞里《しおり》に嘘ついたこと、一度もない』

「……そう、かも」


でも、その言葉を丸々鵜呑《うの》みにするのもためらわれた。

だって鈴真《すずま》は今も、私と同じように、こわいを抱えてる。


「鈴真」

『ん？』

「……今でも、やっぱりこわい？」

『……うん。色んなものが、こわいよ』


それから、鈴真は躊躇《ためら》いもなく、私にこわいを話してくれた。

『でも、あの頃とこわいもの、あんまり変わってない。人の目に怯えて過ごしてる。期待がこわい。相変わらず、ずっと』

鈴真はあの頃と同じことを言っていて、それがあまり良くないことかもしれないけど、嬉《うれ》しかった。だって私も、今もあの頃と地続きのこわいを抱えているから。

『高校入ってからずっと、つるんでる奴らがいてさ。めっちゃいい奴らで、俺にはもったいないくらいの友達で。……でもさ、ふとした瞬間に、思うんだ。俺と、あいつらが見てる俺の姿との間に、やっぱり結構距離があるなって』

「うん」

『一度そう思っちゃったらさ、……いや、本当は気にしなきゃいいだけなんだけど。なんかさ、俺はそれに追いつかなきゃ、応えなきゃって思っちゃって。中学の頃からそうだったけど、みんならちょっとひどくなってるくらいでさ。だから、気付いたら俺、みんなに見えてる俺のフリしてて』

「うん」

『……やっぱり全然まとまりなくて、ごめん。でも、俺は今も、そういうのに怯えてるよ。そういうのが、こわい』

「……話してくれて、ありがとう」

鈴真《すずま》がちゃんと話してくれて、嬉《うれ》しかった。

鈴真はずっと、私なんかには及びもつかないほど頭がよくて、でもだからこそ見えてしまうものに怯えている。

今も、こわがっている。

だから——鈴真はやっぱり、私のよく知っている鈴真のままだった。


『栞里《しおり》は、今、何がこわい？』

「うん。私は——」


それから、今度は私が自分のこわいを話すターンだった。

自分の現実と頭の中のことを、鈴真に伝える。

人前で喋《しゃべ》ること、意見すること、それで拒絶されたり冷ややかな目で見られることが、私は今でもこわい。

でも——やっぱり私は鈴真の前で、「失うのがこわくて新しい居場所を作るのがこわい」とは伝えられなかった。

お互いのこわいについて、お互いのいなかった時間を埋めるように話した。

いつの間にか日付が変わっていた。三時間近く、話していた。

「ねえ、鈴真」

勇気を出すなら、ここだ。

私は通話の終わり際、鈴真に伝える。

「よかったらさ、また、話してくれないかな」

鈴真は少し間をおいて、柔らかい声で答えてくれた。

『うん。話したい』

瞬間、身体《からだ》の緊張の糸がぷつんと切れた。どっと疲れがくる。

通話を切った後も、私はずっと鈴真との会話を思い出しては、足をバタバタさせていた。

でも。

結局、私が一方的に突き放してしまった「あの日」のことには触れられなかったな。

息を吸って、吐く。

一度きりの、高校三年生の秋。
待ち受けているのは、受験と、卒業。
それから――過去と、大切な人と向き合う日が近づいている予感。
ひとりきりのこの部屋に居ても、十月の夜は平等に更けていく。

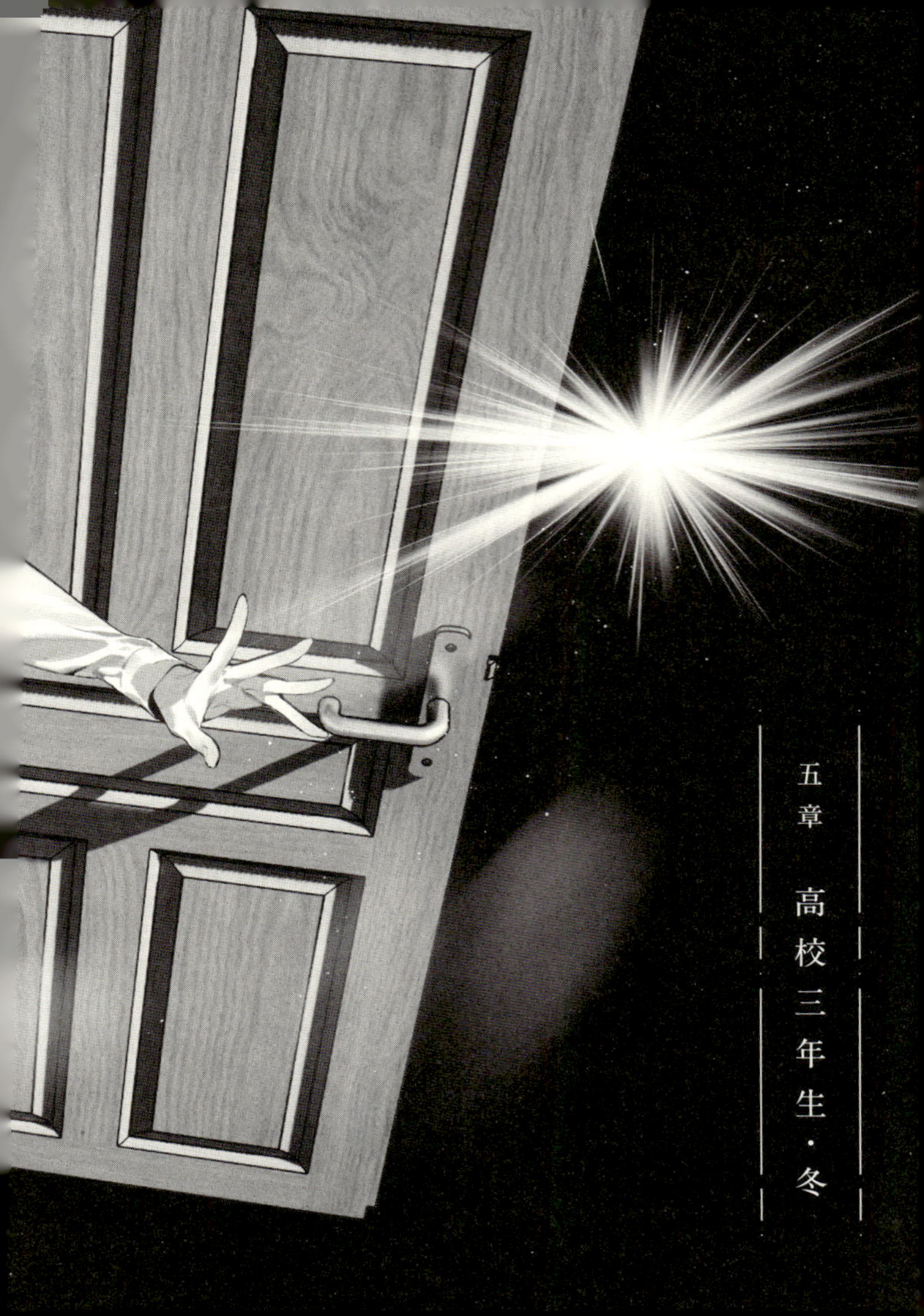

五章　高校三年生・冬

冬の匂いがする。

私にとってその匂いは、中学校の校舎と結びついている。

中三の冬、かじかみそうな手の感じ、柱の陰から覗《のぞ》いた放課後の教室。

全部、鮮明に思い出せる。

だから、冷たく澄んだ空気を吸い込むと毎年、私はひとりぼっちになったような気分になる。

「明日から冬休みに入りますが、自由登校に切り替わるのは一月の末なので、冬休み明けもしばらくはみなさんと顔を合わせることになります。それでは、気を引き締めてよい冬休みを」

教卓の前に立って、先生が今年最後のホームルームを締めた。

自由登校。その響きで、ああ、もうすぐ高校も卒業なんだなと思い知らされる。三年生は受験がある生徒がほとんどで、融通を利かせるために二月の間は学校が自由登校に切り替わる。

「栞里《しおり》、またね」

「うん。また来年」

私は教室の居場所を作ってくれているクラスの友達グループに挨拶を返して、昇降口から校舎を出た。

校門を出て、駅までの道を歩く。吐く息が白い。

鈴真《すずま》と連絡を絶った中三のあの日も、ちょうどこんな冬の日だった。

あれから三年。

私はどれくらい変われたんだろうか。

——よかったらさ、また、通話しようよ。

秋の夜、そう切り出したのは私からだった。

鈴真と再び通話するようになって二か月半ほど。

会話の距離感は、本当に少しずつではあるけれど、昔の空気を思い出し始めている。

どちらからともなく約束をしては、夜に二人、スマホ越しに気が済むまで語り合った。

「栞里は変わったけど、変わってないね」

「鈴真もね」

突然止まっていた時間が動き出して、不思議な気分だった。

鈴真は相変わらず学校生活を上手くやっているようで、でもその実、あの頃と同じように彼の頭の中はこわいことで満ちているようだった。

「鈴真も、変わったけど、変わってない」

ちゃんと今の鈴真のことを知れるのが、嬉《うれ》しくて。

私はなるべく「あの日」のことには触れないように、ひとつずつ鈴真のことを尋ねては、空白だらけのパズルを埋めていった。

そしてもう一つ、大事なことがある。

ずっと飛べなくなっていたあの部屋に、一度だけまた飛べたことがあった。鈴真《すずま》と電話を始めて一か月が経った十一月、それは出願校を決めるための最後の三者面談の前日で、何を言われるのかこわくなって、気が付いたら私はあの部屋の中に立っていた。

「……え?」

今まで代わり映えのしなかった無彩色の部屋の景色は――別物みたいに変わっていた。

部屋にあったはずの私の「こわい」の象徴たちは、半分以上消えてなくなってしまって。

中学の卒業アルバムも。お好み焼き屋の看板も。鈴真のウィンドブレーカーも。コミュニケーションのハウツー本も。

さっぱり片付いてしまった部屋は、大掃除の後みたいに整理されていて。

もしも、この部屋が本当に私の心の中と繋《つな》がっているなら。

やっぱり、鈴真との時間が再び動き出したことが影響しているのだろう。それも、私が勇気を出して連絡したのだから。

「部屋、本当はこんなに綺麗《きれい》だったんだね」

「……うん」

私は立ち上がって、窓際まで歩いていく。

カーテンを開けると、そこに広がっていたのは何もない暗闇だった。

窓の外は灯籠《とうろう》で溢《あふ》れていると思ったのに。

「灯籠、ないね」

「……」

「鈴真、大丈夫？　元気ない？」

「……どうだろう」

鈴真は力ない声で、力なく笑った。

「でも、もし俺がいなくなるなら、それは栞里《しおり》にとっていいことなんだと思うよ」

「……そんな」

鈴真の言葉に、私は上手く返せなかった。

現実の鈴真との時間が動き出してから、この部屋の鈴真は明らかに元気を失っていた。

まるで、抜け殻みたいで。

でも、彼の言葉に私が上手く返せなかったのが、答えなんだと思った。

私は心のどこかで、薄々感づいている。

この部屋は元々——私のために作られた心のシェルターだった。

不安症で上手く生きられない私が、ちゃんと生きられるようになるまでの間私を守ってくれる居場所。不安を消してくれる、安全な場所。

そして私は今、自分の力で過去のトラウマと向き合うことができ始めている。

後夜祭では、何百人の前で、元々苦手だった人たちと司会進行を成功させた。

ずっと傷つくのが怖くて連絡を取れなかった一番大切な人に、自分から連絡をして、関係をまた繫《つな》ぎ始めた。

全部が全部、私にとってはかけがえのない変化だ。

そして、それは成長とも呼べるのかもしれない。

ならば、もしも私がこの部屋がなくても大丈夫になったとき。

この部屋は、この部屋にいる鈴真《すずま》はどうなるんだろう。

この部屋は私の心だ。頭の中だ。

だから、感覚で理解し始めている。

この不思議な部屋は——終わる準備をしている。

物が片付いていく。住人のいない部屋には、物は必要ないから。

そして、部屋の鈴真も日に日に元気を失くしていく。私が完全に現実の鈴真との繫がりを取り戻した時に備えて、消えるその時を待っているみたいに。

でも……そんなの、寂しい。

ここ何年もこの部屋と、この部屋の鈴真とともに生きてきたんだ。

いろんな不安を、夜を、一緒に乗り越えてきたんだ。

たくさんの思い出が、かけがえのない瞬間が、この場所とともにあるんだ。

それが、いきなり消えてしまうのは、こわい。

私はまだ、この部屋にだっていたい。

世界で一番居心地のいい場所を、失いたくない。

――お別れしたくない。

「ねえ。私、ずっとこの部屋に来ちゃだめなのかな」

私は縋《すが》るように、隣の鈴真に訊《き》く。

鈴真は、遠くを見つめながら。

「栞里《しおり》はさ」

「……」

「栞里はもう、闘っていける。だから栞里は、ここから卒業するんだ」

「……私、まだここにいたい」

私はわがままを言う子供みたいに、言葉を重ねる。

「まだ、離れたくない」

「うん」

「一回大丈夫になっても、また不安でどうしようもなくなるかもしれない」

「うん」

「鈴真だってそう思うでしょ？」

私が言うと、鈴真はやっぱり、穏やかに笑うのだった。

「俺がいなくなるのは、栞里《しおり》がこの部屋のこと、必要なくなったときだよ」

見慣れた実家が目に入って、私の意識は回想から戻った。

「……あの部屋は、いつまで私を助けてくれるんだろう」

十二月の寒さに身を縮めながら、私は最寄り駅から歩いて家まで帰ってきた。

帰る途中ずっと、片付いたあの部屋で鈴真《すずま》と話したことを思い出していた。

なぜだか、寂しいような切ないような、そんな気持ちがした。

＊

現実の鈴真との再会の予感と、部屋の鈴真とのお別れの予感。

相反する二つを同時に感じながら、私は身体《からだ》の内側で葛藤を育てていった。

でも、私は現実の鈴真との繋《つな》がりを、確かめないわけにはいかなくて。

もっと、先に進めたくて。

なにより、「あの日」のことごと、ぜんぶ解きたくて。

「こんばんは」

『こんばんは』

冬休み初日、私はいつもみたいに、鈴真と約束の時間に通話を始めた。

スマホのスピーカー越しに、鈴真の声を感じる。

「ねえ、鈴真。冬だね」

『唐突だね』

鈴真はふっと笑う。

『栞里、なんか企んでる？』

「……え？」

『いや、栞里が唐突なこと言うときって、昔はだいたいそうだったから』

「そうかな」

『話を切り出すの、苦手でしょ？』

「……まあ」

はあ。

せっかくスマートに誘おうと思ったのに、鈴真には全てお見通しらしい。

でも――おかげで、緊張が解けた。

これで、ちゃんと言える。

「あの頃、結局行けなかったよね」

『……なんの話？』

「真冬の灯籠《とうろう》流し」

中三の夏、あの日、私と鈴真《すずま》は灯籠流しに二人で出かけるイベントを控えていた。自分や大切な人の過去に祈りを捧げる、特別な夜。でも、その前に私が、鈴真と友達が話しているところを見てしまって、結局あんなことになってしまって。だから――。

「あのさ」

『……うん』

「今年も、あるんだって。二人で行こうとしてたのと同じ場所でさ。だから、鈴真さえよければ、一緒に行ってみない？」

電話口が、一瞬静まる。

何分にも感じる、重たい沈黙があって。

それから――。

『行きたい』

「……う、ん」

『ずっと、栞里《しおり》と行きたかったんだ』

返ってきたのは、了承の返事だった。

「じゃあ、あとで詳細のリンク送るね」

『ありがとう』

それから少しだけ話して、私たちは電話を切った。

ベッドに仰向けに寝転ぶ。

あの部屋のことが脳裏に浮かぶ。

別に理由はないけれど、あの部屋があるうちに、私は鈴真とのわだかまりに決着をつけたかった。

それで——笑顔で、部屋の鈴真に手を振りたいんだ。

*

鈴真と灯籠流しを見に行く約束の日の、前日。

やっぱり不安で、どうしようもなくて。

私は気付けば——あの部屋に飛んでいた。

もう、この部屋にはソファーとカーテンと、鈴真と私しかいない。

「ねえ、鈴真」

「……」

「ううん、なんでもない」

私はすっかり力をなくして、ソファーに座って俯《うつむ》いている鈴真を見つめた。

たとえ、鈴真《すずま》が何も言ってくれなくても。

それでも、今日は気が済むまで、ここにいようと思った。

「今までずっと、私の不安ばっかり聞かせちゃって、ごめんね」

何も答えない鈴真と、二人ぼっち。

静まり返った、色づいた部屋。

ふと、振り返って、後ろを見た。

目線の先には、この部屋に来てからずっと鍵のかかったままのドアがあった。

私は鈴真の隣で、閉まったドアをいつまでも見つめていた。

「栞里《しおり》はさ」

「……ん？」

その時、鈴真が弱々しい声でそう切り出した。

「栞里は、自分の力で進んでいくんだね」

「……」

「だから、大丈夫」

鈴真は、微かに笑って。

「ずっと、見てるから。栞里が部屋に来なくなっても、俺がここから消えちゃっても」

その言葉は、私の胸に小さな勇気を灯してくれた。

……ああ。行きたくないな。

ずっと、この部屋にいたいな。

でも。

――もう、行かなきゃな。

＊

どんな服を着ていけばいいんだろう？

どんな顔をして、どんな言葉を最初に放てばいいんだろう？

そんな悩みばかりが膨らんで、前日は満足に寝ることができなかった。それでも、時間は刻一刻と進んでいき。

「……ふう」

私は考え事をしながら歩いて、鈴真との待ち合わせの駅前に到着した。

冬の風と寒さ。手袋を貫通してくる冷たい空気。街路樹のイルミネーション。

確か、「あの日」もこんな感じだった。

人通りもそれなりにあって、その中には中学生くらいに見える男女が仲良く並んで歩いている姿もあった。

……もう、戻れないんだな。

ふいに、そんなことを考えてしまった。当たり前のことだけど、高校三年生の私は、私と鈴《すず》真《ま》が出会ったあの日にも、重ねた人生会議の夜にも、関係の途切れたあの日にも、どこにも戻れはしない。どれだけ願っても、やり直すことはできない。

でも、だからこそ私は。

いつか取り返しのつかない過去に変わる今と、今日という日と、ちゃんと向き合っていたい。今日から連綿《れんめん》と続いていく未来を、後悔しないようなものにしたい。

人並みを眺める。

その中から、よく知った綺麗《きれい》な顔を見つける。

澄んだ瞳。丁寧にセットされた髪。すらっとした歩き姿。

あの頃と違うけど、大人っぽくなったけど、でも全然変わってなくて。

走り出したくなるような気持ち。

抑えろ、抑えろ。

その顔を見る。

ふと、目が合う。向こうも、私のことを見つける。

その瞳が、柔らかく細められる。

所在なさげな唇の形。

全部、ぜんぶ、鮮烈で、眩《まぶ》しくて。

名前を呼びたい。でも、どうしてか声が出ない。

向こうも、何も言うことはなくて。

彼がこちらへ近づいてきて――無言で、一歩離れた正面に立つ。

「……」

「栞里《しおり》」

まあるい声でそう呼ばれて、ずっと埃《ほこり》をかぶっていたその名前が再び輝きはじめた。

「すず、ま」

「久しぶり」

「……久しぶり」

鈴真は首元に自分の手を当てて、口元で笑う。

これが鈴真の照れ隠しのクセだと、私は三年経っても当たり前みたいに覚えている。

懐かしくて、切なくて、嬉《うれ》しくて、唇をちょこんと噛んだ。

「誘ってくれてありがとう」

「……こちらこそ」

「栞里が誘ってくれなかったら……たぶん、ずっと後悔してた」

後悔。鈴真の口からその言葉が出てきて、私は急に愛おしさがこみ上げた。

私より、ずっと上手く生きていけるはずなのに。

それでも、私と同じ気持ちを、ずっと抱えててくれたんだ。

「じゃあ、行こっか。移動しながら話そうよ」

「そうだね。俺も、そっちのほうが上手く話せるかも」

私と鈴真《すずま》は、改札を通って駅のホームに向かった。

ちょうど一分もしないうちに目的地方面の電車は来て、私たちは電車に乗り込んだ。意外に車内の席は埋まっていて、私たちは二人向き合うように扉の脇の手すりのあたりに立つ。

手を伸ばせば触れられる距離に、鈴真がいる。

「栞里《しおり》、大人っぽくなったね」

ふいにそんなことを言われて、私はうろたえてしまう。

「そう……？　自分では、あんまり変わってないと思うけど」

「そんなことないよ」

鈴真は改めて私を観察するようにじっくり見て、それからやっぱり笑った。

「三年間、ちゃんと頑張って生きてきたんだなって感じがする」

「……恥ずかしいこと言わないで」

「でも、ほんとに思ったから」

顔が熱い。でも、嬉《うれ》しい。

　私はずっと、自分が小学五年生から本質的には何も変われていないんじゃないかとずっと不安だった。でも、あの頃誰よりもそばで私のことを見てくれていた鈴真に、久しぶりに会ってそう言ってもらえると、なんだかぜんぶ報われた気分になる。

　だって、どれだけ変われていないように思えても。それでも私は、ちゃんと頑張って、苦しかったり不安だったりする夜を何百と乗り越えてきたんだ。

「鈴真はさ。……変わったし、大人っぽくなったけど、でもやっぱり変わってない」

「うん」

「やっぱり、鈴真は鈴真って感じがする」

　くすくす笑うその表情も、あの頃夜の公園のベンチで見た横顔にぴったり重なる。

　電車は心地の良い揺れとともに、いくつもの駅を通過していく。

　私たちは大きめの都市の駅で一度乗り換えて、そこから再び目的地――灯籠《とうろう》流しの開催されている川まで繋《つな》がっている電車の中で、話をした。

「鈴真、高校でも人気者やってるの？」

「そりゃあもう。俺が何人いたって足りない」

「すごいね」

「……そんな素直に褒《ほ》められると、困るな」

「だと思った」

「なんだよ」

目的地が近づいた頃には、ちょっとだけあの頃の会話のテンポ感が戻ってきていて、それが心地よかった。

「栞里《しおり》はどう?」

「私は……」

脳裏に浮かぶのは、後夜祭の景色とあの二人の顔。

「メイドのコスプレした」

「コスプレ!?」

口を開けている鈴真《すずま》。

私はなんだか楽しくなってきて、更に言葉を重ねた。

「何百人の前で後夜祭の司会やった」

「キャラ変わりすぎじゃない?」

「そりゃ変わるよ。なにせ、三年ですから」

「すごいな」

「あ、真に受けないでね? 普段は、普通の地味な女子だから」

「あ、そうなんだ」

「でもさ。もし私が変われたんなら、鈴真のおかげだよ」

「……どういうこと？」

「おしえない」

私は脳裏に、部屋の鈴真の顔を思い浮かべる。

——やっぱり、ずっとそばにいてくれた鈴真のおかげだ。

そんな話をしているうちに、電車は目的地に到着した。

「降りよう」

同じ駅で降りる人もそれなりにいて、きっと同じ灯籠《とうろう》流しを見にいくんだろうなと思った。

あの頃、叶わなかった約束。

凍結されて止まった時間が、溶けて再び動き始める。

「結構、人、増えてきたね」

私が鈴真の先導で目的地である川の中流を目指していると、誰も彼もが厚着を纏《まと》ったそれなりの人通りが出てきた。きっとこの中の何人かは、私たちと同じ目的でこの道を歩いているのだろう。

ふと、空を見上げる。

暮れる寸前のその色が綺麗《きれい》で、ちょっとだけ感傷的になる。

「栞里、疲れてない？」

「ぜんぜん大丈夫だよ。そんな体力なさそうに見えたの？」

「そうだよね。久しぶりすぎて、全然わかんなくて」

鈴真《すずま》はそう言って、右手で自分の首のあたりを触った。

やがて、人の声が重なってできた喧騒《けんそう》はボリュームを上げる。人が多くて、私はそれに気圧《けお》されないように気合を入れ直す。

境目はないけれど、この辺りからはもう「会場」という感じがした。

人と人の間からは川のせせらぎが覗《のぞ》く。

白い息が昇って、消える。

人波が一瞬凪《な》いだ瞬間。

——灯籠《とうろう》がひとつ、流れていくのが見えた。

それは温かくて、揺らいだ、世界を小さく照らす灯。

心の表面を、すっと吹き抜けた風がなぞった。

「鈴真、あれ見えた？」

私はその顔を見上げて、鈴真に言った。思ったより大きな声が出てしまう。

鈴真は、遠くを見つめて、それから私の目に視線を移して。

「見えた。……やっと、見えた」

その瞳を、三日月形に変えてみせた。

「ねえ、もっと近く行って見てみない？」

「行きたい」

私たちは人波にも臆さずに、川の流れに近づいていく。

ようやく二人、何も遮るものがない場所に出る。

そこから見渡した水面は――息を呑《の》むほどに綺麗《きれい》だった。

「……すごいね」

周囲の光と灯籠の暖色が、揺れる水面に反射している。

世界の美しさだけをばらばらにちりばめた、万華鏡の世界のよう。

私は、冷たくて澄んだ空気を吸い込んだ。

灯籠は等間隔ではなく、集まったり、ぽつんと浮かんでいたりして、やがて全てはゆっくりと下流へながれていく。

瞳が、かすかに滲《にじ》んだ。

私たちはしばらくの間、無言でただ目の前の景色を眺めていた。

……ほんとは、このまま何も確かめずに帰りたいくらいだ。

綺麗な思い出だけ持ち帰ってしまいたい。

宝箱に閉じ込めてしまいたい。

でも――私は今日、「あの日」のことを確かめるためにここに来た。

あの日の約束の延長線上。

この場所でなら、勇気を出して言える気がしたから。

ずっと、連絡を取らずにいた。部屋の鈴真《すずま》にも聞かなかった。

現実で鈴真と連絡を再び取り始めても、この話題だけはずっと避けていた。

こわかった。

真っ直ぐに対峙するのがこわかった。

だけど、このまま曖昧《あいまい》な温度で過去になってしまうことのほうが、もっとこわい。

「ねえ、鈴真」

「栞里《しおり》」

私が切り出そうとしたら、鈴真と会話の話し始めが被ってしまった。

鈴真はジェスチャーで「先にどうぞ」と私に伝えてくる。

「うん。……じゃあ、私から言うね」

拳をぎゅっと握りこんで、開いて。

息を吸って、声を出す。

唇が、かすかに震えた。

「私たちさ、中学の頃、ずっと一緒にいたじゃん？」

「そう、だね」

「でもさ」

指先の冷たさは、私の張りつめた心を表しているみたいだった。

鈴真の目にも、張りつめた何かが宿っている気がした。

「中三の夏くらいに、連絡取らなくなったよね」

「……そうだね」

「私、あの日……鈴真にひどいこと送った日、見ちゃったんだ。鈴真がクラスメイトたちの前で、笑いながら『こわい』の話してるところ」

──やっぱり、鈴真の「こわい」と私の「こわい」は、全然違ったんだね。

胸が苦しくて、声が詰まった。

でも、一度止まったら、また伝えられなくなってしまう気がするから。

「今考えたら、とんだ思い上がりだけどさ。私、こわいのことだけは、鈴真が自分だけに見せてくれる大切なものだと思ってた」

あの日、廊下から覗《のぞ》いた教室の中の光景がフラッシュバックする。

痛みは簡単に、私を中三の冬に引き戻す。

「だからね。鈴真がクラスの男子の前で、笑いながら、私の前で話してくれたこわいの話をしてるの見ちゃって。それが、悔しくて、なんか裏切られたような気がしてさ。……それでどうしようもなくなっちゃって、鈴真のこと、遠ざけた」

その瞳を真っ直ぐ見据えて、私は最後までちゃんと伝えた。

「だから、ごめん。ぜんぶ、私が勝手だった」

苦しくて、消えてしまいたい。

次の言葉を聞くのがこわい。

今までの不安とは比べ物にならないほど莫大な不安。

でも、心の部屋は助けてくれない。

鈴真《すずま》は、瞬きひとつせずに、ずっと私を見つめて。

それから――――静かに、涙をこぼした。

大粒の涙が、両の瞳から音もなく流れ落ちていく。

遅れて、思い出したようにその唇が震え出して、顔がぐしゃぐしゃに歪んで。

「……あ……うっ」

鈴真は一度、顔を伏せて。

でも、涙ひとつ拭わずに、再びその表情を私に見せて。

視界の端で、灯籠《とうろう》の優しい火が流れていく。

「俺、おれ、さ」

いつも綺麗《きれい》な顔だったのに、今はなんだかどこまでも感情のままの顔で。

「栞里《しおり》」

涙交じりの声が、世界の真理を明かすみたいに私の名前を呼ぶ。

「色んなこと、抱えさせちゃって、辛い思いさせて。……………俺のほうこそ、ごめん」

その一言で、全部わかった。

鈴真は鈴真なりに、私のことを考えてくれていたのだと。

そして、私たちは——あの夏にお互いの気持ちをちゃんと確かめて、真意を明かして、それで再び分かり合うべきだったのだと。

それなのに、もう、三年も経ってしまった。

潤んで、視界がぼやける。

もう十分なのに、ひと言だけで全部わかったのに。

「ちょっと長くなるかもだけど、自分のこと、話してもいいかな」

「もちろん」

それでも鈴真は全部を伝えようと、自分の「こわい」を私に語って聞かせてくれた。

「俺、小さい頃から割と器用なほうでさ。子供がするようなことは、だいたいすぐにできるようになったんだ」

「うん」

鈴真はイメージに違わず、優秀な子供だったらしい。

「そうすると、親とか含めてみんな自分に期待してくれるから、俺も嬉《うれ》しくてそれに応えようとしてた。だから最初は、ほんとに全部うまくいってて」

「うん」

「でも、ひとつのきっかけで、全部がこわくなった」

鈴真《すずま》はそこで一度言葉を区切って、小さく息を吐いた。

暖色がひとつ、目の前を緩《ゆる》やかに流れていく。

鈴真が、拳を握りこんでいる。

震えるくらい、強く。

「俺さ、小六の本番直前まで、中学受験しようと思ってたんだよね」

「え……？　でも」

「そう。俺と栞里《しおり》が出会ったのは、公立中」

鈴真は首に手を当てて、自嘲的に笑う。

「でも、別に私立に落ちて来たわけじゃない。挑戦する前に、やめたんだ」

それから、鈴真は言葉を重ねて私に伝えてくれた。

鈴真は小四の最初くらいまでは、テストをすれば必ず百点を取るような子供だった。すぐに両親は鈴真に中学受験を勧めた。

「まあ、別に才能があったわけでもないから、当然だったんだけど。全然成績のびなくてさ。

でもう親が後に引けなくなってて、どんどん塾の日数とか増やして、お金かけてさ。なのに……結局全然できるようにならなかった」

　鈴真は小五の終わりには、週五で夜まで塾に通っていたという。

「で、案の定心壊してさ。全然勉強も手に付かなくなっちゃって。で、正直に親に話したら、二人とも優しくて、全然いいよって許してくれた」

「うん」

「まあ、そんな感じで受験はやめたんだけど。すぐに、分かったというか、子供なりに感じるようになっちゃって」

　その唇が、細く真っ直ぐな線で結ばれている。

「今までと、親の感じが全然違うというか……そうだな。明らかに俺に期待しないようになった、みたいな。興味自体が薄れたというか。……とにかくそんな感じで、小六の俺としては、それがめちゃくちゃショックだった」

「……うん」

　そんなこと、あの頃の鈴真は一度だって言わなかった。

　過去だって、少しも感じさせなくて。

　……本当に私は、鈴真のことを何一つ知らなかったのかもしれない。

「トラウマになっちゃってさ。気付いたら俺、人に失望されたり、期待に応えられなかったり、……もっと言えば期待されること自体、こわくなっちゃって」

「うん」

相槌《あいづち》を打つことしか、できない。

「中学はわりとすんなり友達できたんだけど、やっぱり友達が期待してる自分のイメージとかに敏感になったら、そういうのがわりとわかるようになっちゃってさ。だから、人間関係とか友達とか、そういうの全部、期待に応えるゲームみたいに思えてきて」

「……」

「それから解放されるの、栞里《しおり》の前でくらいだった」

鈴真《すずま》は悔しそうに目を細めた。

私が鈴真の隣でだけ息ができたように、鈴真にとってもあの時間は。

また一つ、灯籠《とうろう》が緩《ゆる》やかな川の流れに揺られて、運ばれてゆく。

「だから、栞里とのあの公園での時間は、俺にとって何にも代えがたくて」

「……うん」

「だから、こわい、の話をできるのが栞里の前でだけだったのも、本当で」

「うん」

「でも……全部俺が悪いんだけど」

ひとつ、息を呑《の》み込む。

鈴真はそこで一度言葉を止めて、ややあって、再び話し始める。

「あの日――栞里に拒絶された日、俺はくだらないことに、自分の大切な部分を使った」

鈴真の唇が形を歪ませる。

「あの日、友達同士で自分の悩みを打ち明ける変なノリになった。それで、みんな何か言ってく中で、俺の番が回ってきて。普段からそうだったし、その日のみんなの視線とか話の振り方からも、自分がこの場で何を期待されてるかわかった」

心がざわざわ、うるさい。直視したくない。

でも、目を背けてはいけない。

「何考えてるかはよくわからない。でも、きっと独特なことを考えて、何かを抱えてる。俺はそういう人として、あの中学の教室で受け容れられてたんだと思う。そういう期待をされてた」

鈴真は、滔々《とうとう》と語った。

私が当初、彼に抱いていたイメージと全く同じだった。

きっと、中学の頃からそう自覚して、客観的に自分を捉えていたんだろう。

だとしたら――それはなんて苦しいことだろうか。

「期待を裏切るのがこわくて……気づいたらさ、口が動いてて、喋《しゃべ》り出してた。栞里と二人でずっと抱えてきたこわいこと、ふざけながらヘラヘラ喋ってた。最低な俺はみんなのイメージに応えるために、自分のこわいを――栞里と二人だけで抱えた言葉を、消費したんだよ」

「……」

勝手に決めつけた「あの日」が、三年越しに書き換わっていく。

「口に出して初めて、強烈な後ろめたさに襲われた。自分は今、人間として間違ったことをしたんだなって、大ウケしてる友達の姿を見ながら思い知った。二度としないって誓った。でも――その瞬間を、栞里《しおり》に見られてたんだね」

自分の唇が震えているのがわかる。

あの日、鈴真《すずま》はへらへらしながら、自分の「こわい」を話のネタにしていた。

だから、私はその裏に潜んでいた葛藤なんて想像もせずに、ただ鈴真の「こわい」はその程度のものだったのだと思い込んで、勝手に傷ついて、勝手に拒絶した。

――なんて身勝手で愚かだったんだろう。

鈴真のこわいに気付いてあげられるのは、私しかいなかったのに。

いくつも、ヒントはあったのに。

鈴真はへらへらした一枚奥で、一人で苦しんで、震えていたかもしれないのに。

鈴真は言葉を継ぐ。

「俺はさ。あの頃からずっと、栞里の隣でしか息ができなかった」

「……うん」

「俺がどれだけ情けないこと言っても、上手く言葉にできなくても、栞里だけは絶対に、『そうだね、こわいよね』って言って、こわがってる俺を許してくれた」

「……」

「こわがってる俺に、こわがったままでいいよって笑ってくれた」

鈴真の声が震えている。

私の相槌《あいづち》すら、似たような形で震えている。

ほんとうの言葉は震えるんだ、と初めて知った。

「こわがりながらなんとか生きてる、普通の中学生。琹里は俺に、それ以上のことを期待しなかったよね」

「……」

「それだけでさ。俺、明日がこわくても生きていけるって思えた」

鈴真はそう続けた。

「いつだったかな。あの公園のベンチで俺、みんなの目がこわくて、いっそ全部捨てて逃げちゃいたいって思ってたことがあって」

「うん」

「でも、その時、琹里が言ってくれた」

「……え？」

鈴真は、私の目をまっすぐ見据えて。

「鈴真《すずま》は、いつもみんなの目に怯えてるみたいに見える。でも、私も同じだから大丈夫だよって、そっと伝えてくれた」

はっと、蘇る。

私が何の根拠もなくて、だから言えることなんて何もなくて、苦し紛れに絞り出した言葉。

それなのに。

あの公園の薄暗がりで、鈴真は今にも泣き出しそうなほど目を見開いていた。

「誰かの目と向き合うときは、ひとりでなんとかしなきゃいけないって、勝手に思い込んでた。最終的には自分はひとりぼっちなんだって、疑わなかった。でも、栞里《しおり》にそう言われてさ。俺、ひとりじゃないんだって、初めてちゃんと信じられた」

「……」

「栞里に突き放された後も、高校に入っても、ずっと栞里と話したあの時間に支えられてたよ。やっぱり息苦しくなっちゃったけど。でも、栞里の言葉を思い出して、触れたら、苦しいけど息ができた」

「うん、……うん」

「胸の奥に、ずっといてくれた」

冷たい風が、私たち二人の髪を揺らした。

この瞬間を、たぶん私は一生忘れないんだろうなと思った。

「でも、やっぱり面と向かって、大切な人の失望した目を見るのがこわくて」

「……」

「ほんのちょっとの勇気がなかったせいで、本当のことを確かめられずに、目を逸らして疎遠になった。…………だから」

そこで、再び間が開いて。

鈴真が私の瞳を真っ直ぐ見つめて。

小さく、頭を下げた。

「ごめん」

「……」

「ごめんね、栞里」

「……なんで鈴真が謝るの。私が悪いのに」

視界の鈴真が滲《にじ》んでぼやける。

「私のほうこそ、勝手に拒絶して、分かった気になって、確かめずに傷つけて、ごめん」

「……」

「ぜんぶ、ごめん」

夜の暗さは涙を隠さず、無数の灯籠《とうろう》のほの灯りが心の底を照らし出す。

何も隠せない場所で、私たちはあの日の真実を知った。

胸がきゅっとする。

温かくて、悲しくて、悔しくて、温かい。

「ねえ、鈴真《すずま》」

私はもう一つだってわだかまりを残さないように、あの頃からずっと引っかかっていたことを今訊《き》いてしまうことにした。

「どうして私だったの?」

私が言うと、鈴真は不思議そうな顔をした。

「どういう、こと?」

「中一の頃、私に最初にDMくれたの鈴真だったでしょ? 私たち、あの時までほとんど話したことなかったし、私も全然目立つタイプじゃなかったのに。どうして私を、こわいを打ち明ける相手に選んでくれたのか、ずっと引っかかってた」

「……ああ。そういうことか」

鈴真は涙でぼやけた顔で、天気雨みたいに微笑む。

「昔も一回くらい、伝えた気がするけど」

「……え?」

「いや、なんでもない。何度だって伝える」

鈴真は遠くを一度見て、何かを思い出すようにして。

ややあって、言った。

「ずっと、話す前から栞里《しおり》のこと、気になってたんだよ」

「……なんで」

「遠くから見る栞里はずっと、女子グループにいる時もやんわり気を張ってるような気がして。人を傷つけないように、不快にさせないように、そんな風に立ち回ってる子に見えた」

鈴真は懐かしそうに笑う。

「俺はずっと、そんな栞里のこと、素敵な人なんだなって思ってた」

「普通、それで素敵ってならないでしょ」

私がそう言うと、鈴真は首を振る。

「俺はなった。だって——人の目を気にするのは、どんな理由であっても、人のことを考えてるってことだから」

そう言われて、私は中学の頃も鈴真にそう言われたことを思い出した。

当時の私はそんな言葉をもらって、久しぶりに自分のことを好きだと思えたんだ。

「みんな見えてる世界は違うけど、そこに優劣はない。だから、誰より人のことを気にして、傷つけずに尊重して守ろうとする栞里が、一番綺麗《きれい》に見えたんだ」

「……うん」

「だから、ずっとこっそり遠くから見てたんだけど。でもあの日、栞里が投稿上げてて、生きてるのに生きてないみたいって言ってて」

鈴真《すずま》にそんなことを思われていたなんて、知らなかった。

気恥ずかしさと、それよりずっと大きい嬉《うれ》しさが、こみ上げてくる。

「俺と同じなんだ、って思ってさ。それに、すごい救われるような気持ちがした。だから、話したいって思った」

あの頃、ずっと私は鈴真に憧れていたから。それが一方通行の感情だと思っていたから。

それが、ずっとさみしかった。

でも——違ったんだ。

私が苦しんで乗り越えてきた夜を、鈴真は美しいと思ってくれた。

私が自分のことを嫌いになるような性格を、鈴真は好きだと言ってくれた。

そのことが、嬉しくて、痛くて。

ふと、あの公園の常夜灯のことを思い出す。

ぼやけた線が、光の当たる場所と当たらない場所を二つに分けていた。

それが寂しかった。

目の前を見つめる。

いくつもの灯籠《とうろう》が、淡い光を放っている。

どの灯籠がどこを照らしているのかもわからないくらい、そこに世界を分ける線はなくて。

それが反射して、水面がきらめいていて。

ただ今日という日が、ここにいる全員が、柔らかな暖色を纏《まと》っていた。

息を吞《の》む。

甘い痛み。

初めて感じた、何にも代えがたい感情。

「本当は俺、三年間、ずっと栞里《しおり》とのあの時間の思い出に救われてた。こわいに直面するたびに、あの時間だけが俺を救ってくれた。だから」

鈴真は、泣いて、洟《はな》を啜《すす》って。

最後は笑顔を作って、言った。


「ありがとう、栞里」


水面に無数の灯籠が流れていく。

涙が溢《あふ》れて止まらなくて。

――こんなことなら、もっと早く話せばよかった。


「ありがとう」

涙で滲《にじ》んだ視界に、灯籠《とうろう》の光が引き延ばされる。

それが、世界の明るさになる。

鈴真《すずま》のくれたものが、ぜんぶ灯っていた。

鈴真の「ありがとう」が、目の前で灯っていた。

「鈴真、私も」

でも、本当に感謝をつたえなきゃいけないのは、私のほうだ。

「私も、同じだよ。三年間、ずっと鈴真に救われてた」

「……」

「あの公園の時間ばっかり、思い出してた」


少しだけ目を閉じる。

あの心の部屋の景色が一瞬、瞼《まぶた》の裏にちらついた。

目を開ける。

私はぎゅっと涙をぬぐって、鈴真の目を見て、笑ってみせた。


「だからね、ありがとう」

やっと、言えた。

「ありがとう、鈴真」

「ありがとう」

それから、私は無数の灯籠を目に焼き付けながら、あの部屋の話を鈴真に語って聞かせた。荒唐無稽《こうとうむけい》な話ではあるけれど、私が鈴真に話したいから、話した。

「不思議な話だね」

「でしょ？」

「でも、栞里《しおり》が言うんだから、本当にあるんだろうな」

灯籠の灯りを瞳に反射させながら、鈴真はやっぱり私の話を最後まで聞いてくれた。到底信じることが難しいような話なのに、最後まで、遮らずに聞いてくれた。

私はなんだか、部屋の鈴真と話してる時みたいだな、なんて倒錯《とうさく》したことを思ってしまった。それくらい、私の中で、あの部屋の存在は大きくて。

「いろんな夜があったよ。いろんな夜を、あの部屋で、あの部屋の鈴真と過ごしたんだ」

それからも私は気が済むまで、あの部屋の話を鈴真《すずま》に聞かせた。

初めてあの部屋に飛んだ高一の頃のことも、クラス替えで知り合いのいないクラスになった高二の春のことも、後夜祭の司会に抜擢《ばってき》されてしまった夏のことも。

「だから、私の隣には、ずっと鈴真がいてくれたんだ」

目を閉じる。

無数の瞬間が、色づいていく部屋が、瞼《まぶた》の裏で七色に発光している。

そしてその中心には――成長して高校三年生になった鈴真と、高校三年生になった私がいた。

泣きながら、笑っていた。

「ねえ栞里《しおり》。ちょっと、歩こうよ」

私たちはそれぞれの涙を雑にぬぐって、人波の中を再び歩き出した。

すぐ近くには、何かの受け付けのようなコーナーが設置されていた。

「あれ、なんだろう?」

「なんか、自分たちのメッセージを書いた灯籠《とうろう》を流せるみたいだよ」

「え……やりたい」

「でも事前に予約要るんだってさ」

「そっか。残念」

私が名残惜しくて特設ブースを眺めていると、鈴真がなぜか、そのブースのほうに歩いていく。そしてしばらく受け付けの人と話していたかと思うと、再びこちらへ歩いてきた。

その両手には——四角い灯籠が収まっている。

「鈴真それ、どうしたの?」

「いや、栞里がやりたそうだったから」

「でも、予約」

「栞里がやりたそうかなって思って、この前しておいた」

「……できるなぁ」

「どうも」

わりと、感激している。

鈴真はこの三年間で、更にできる男の子になってしまったようだった。

「この筆ペンで書くのかな」

「そうみたいだね。全然スペースあるし、それぞれ書きたいこと書こうか」

それから、私たちは灯籠の向かい合う面に、それぞれメッセージを書くことにした。

やりたいと言ったのは私だけど、いざできるとなったら中々内容が思い浮かばない。

小学校の時も、卒アルの寄せ書きに悩んで苦労したっけ。

でも。

「……栞里?」

「ううん、なんでもない」

目の前に鈴真《すずま》がいる。

ずっともう会うことはないと思っていた鈴真が、ただ立って不思議そうにしている。

それが全てだと思った。

だから、書くことなんて本当はひとつしかない。

「……よし」

「できたね」

私たちはそれぞれにメッセージを書き入れ、火を灯した灯籠《とうろう》を抱えて川の流れのそばまで歩いて行った。

たくさんの人が、たくさんの願いを、祈りを込めて浮かべている。

私たちはその一部になって、ありふれた言葉を書き留めた灯籠を、水面に浮かべた。

手を離す。

ゆっくり、温かい光を連れて、灯籠は下流へと流れていく。

少しずつ、少しずつ、小さくなっていく。

「綺麗《きれい》だね」

私はそう呟《つぶや》きながら、遠く離れていく灯籠の姿をいつまでも眺めていた。

もう、離れないように。

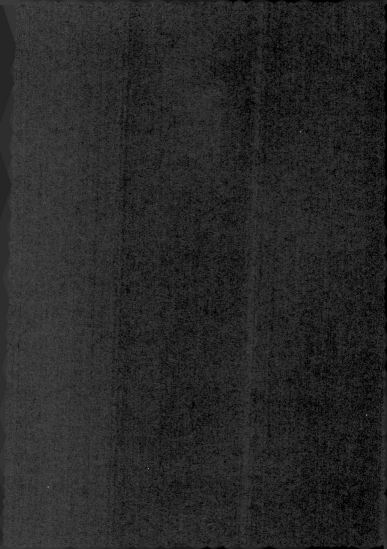

終章　愛が灯る

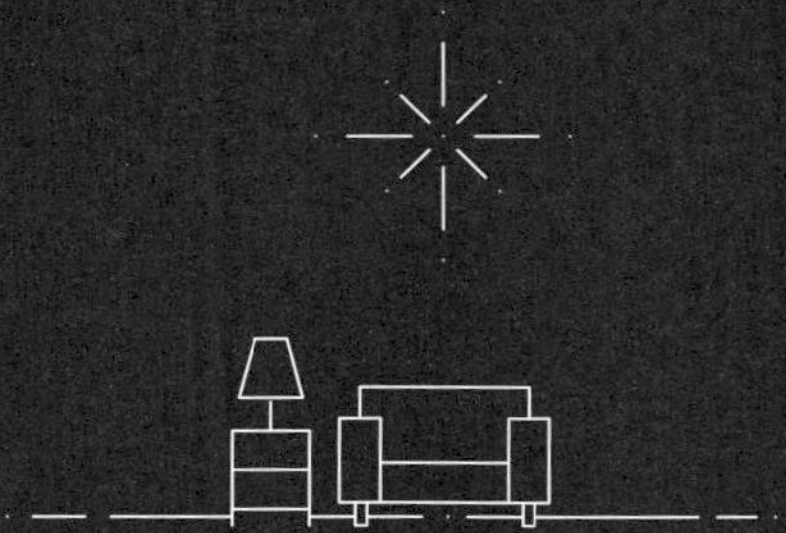

卒業のシーズンがやって来ても、うちの高校のグラウンドに植えられた桜はまだ開花していない。

冬の厳しい寒さは少しずつ和らいで、私たちの積もった時間ごと溶かしていく。

卒業式は、厳かに飾り付けられた体育館で行われた。

やっぱり泣くようなイベントじゃないよなあ、と思いながら参加していたら、最後のほうの卒業生合唱をしている途中で色んなものが一斉に浮かび上がってきて、目の奥が熱くなった。

入学当初の息苦しさ。

後夜祭をめぐるあれこれ。

そして、直近で起こった大切な人との再会。

なんだか泣いたら負けな気がしたから、ぐっと我慢したけど。

教室に戻って、最後のホームルームがあって。

それから全体はひとまず解散になって、自由参加の夜の打ち上げまでは自由時間になった。

「しおりん」

私が自分の席に座って教室の風景を眺めながら、ちょっと感傷的になっていると、進藤《しんどう》ちゃんが駆け寄ってきた。

「進藤ちゃん、どうしたの？」

「どうもしないよ？　ただささ」

彼女は後ろで手を組んで、少し恥ずかしそうに。

「大学は別々だけど、ちゃんとたまには遊んでよね」

そう言って、少し遅れて破顔《はがん》したのだった。

「もちろん」

結局、私は鈴真《すずま》と灯籠《とうろう》を見に行った後、猛勉強で志望していた大学に合格した。だから私としては大満足なんだけど、電話で鈴真が私の受かったところより遥かに偏差値の高い大学に合格したと聞かされた時は、少しの驚きとともに「やっぱりできるなあ」と笑ってしまった。

まあ、とにかく。そんなふうにして、私はひとまずの進路を選び取った。

もちろんそれは、うちのクラスのみんなも同じで。

進藤ちゃんと進学する大学が別々なように、きっとここにいるほとんどの人が、それぞれ別々の進路に進む。

進学、就職、浪人。修行をして、実家の家業を継ぐ人だっているそうだ。

そんなの当たり前といえばそうなんだけど、いざそう考えると――やっぱり私は少し寂しいような気がするのだった。

だって――きっと、ここにいる全員が一堂に会する機会なんて、人生でもうほとんどない。

当たり前のように毎日顔を合わせていたのに、今日で全部終わりで。

「ねえ、しおりん」

「ん？」

「今日、打ち上げ来るよね？」

進藤《しんどう》ちゃんにそう聞かれて、思う。

私は選択肢を与えられて、本当にどっちでもいい場合、なるべく不安にならないほうを今まで選んできた。今回の場合はもう卒業だから、最悪打ち上げに出なくてもあまり不利益はないだろう。もう久しく会わなくなるのだから。

――でも。

「行くよ、もちろん」

「……だよね。やったー」

私は不思議と、悩むことなくそう返事していた。

だって、私は、最近やっと気づいたのだ。

私が今まで思ってたより、私は、自由に私の人生を楽しんでもいいんだと。

不安になることもたくさんあるけれど、それを乗り越えた先には素敵な瞬間が待っていることだってあるのだと。

結局、あの不思議な部屋には、灯籠《とうろう》流しの前日に飛んで以来一度も飛べていないけど。

それでも、もしまた飛べた時には、鈴真《すずま》に今度こそ楽しい話を聞かせてあげたい。

「おーい、そこ二人」

そんなことを考えていたら、男子の一人がこちらに向かって歩いてくる。

「なんか打ち上げまで結構時間空くじゃん？　んで、ちょっとそこらへんのメンツで話したんだけど、みんなで公園でなんかしよう、みたいな話があるんだけど……どう？」

どうやら男子の一部でそういうノリになったらしく、女子にも聞いてきた、という流れなようだ。

私は考える。確かに、子供らしい遊びは割と楽しそうだ。

でも……流石《さすが》に人数が多すぎて迷惑になるかもしれないし、女子的には運動がしたい子ばかりというわけでもないだろう。

だったら――。


――「え、マジで？」「今言う？」「空気読めなすぎ」……。


その時、いつかクラスメイトに言われた言葉が脳内で鳴った。

……ああ。

やっぱり、こういうの得意じゃないな。

――でも、私も、ちゃんと進まなきゃ。

私はその男子に向かって、なるべく気さくな口調で言った。

「全員公園に集まるのは難しいかもしれないから、打ち上げまではいくつかのグループに別れて、それぞれのやりたいことをするのはどうかな?」

身体《からだ》が、緊張の糸で張り詰める。

ややあって。

ずっと真顔で黙っていたその男子は――――私に向かって親指を立て、笑った。

「それいいな」


打ち上げから帰った後。

私はベッドの上で、楽しかった余韻《よいん》に浸っていた。

ひと通り浸り終えたら、今度は高校生活のことを思い返した。

私の高校生活は、ずっとあの不思議な部屋とともにあった。何度も、助けられた。

助けられて、救われて、そのおかげで、最後は私の力で選び取ることができた。

だから、やっぱり、直接あの部屋の鈴真《すずま》に感謝を伝えたかったな。

もう――飛べないのかな。

そう思った矢先、視界が眩《まばゆ》く発光して――。

こわくもないのに、私は気付いたらあの部屋に飛んでいた。

「……うわぁ」

部屋はすっかり、抜け殻みたいだった。

質感を残した石造りのタイルが並んだ床と、灰色の壁紙。

室内にはソファーも、カーテンもない。

床に積み上がった参考書も、小中学校の卒業アルバムも、コミュニケーションのハウツー本も合唱曲のＣＤたちも友情モノの映画のＤＶＤも、ぜんぶ綺麗《きれい》になくなってしまった。

まるで、部屋が自ら消える準備をしているみたいだ。

この部屋って本当はこんなに広かったんだな、と思う。

当たり前のようにずっとここで過ごしてきたのに、全然気付かなかった。

部屋にはもう、誰もいない。

それでも、私は確かにずっとここにいてくれた、部屋の鈴真に向けて話す。

「ねえ。私、ちゃんと、鈴真と会えたよ」

返事はない。

「今日は高校の卒業式で、打ち上げも楽しかったんだ」

声は空中に溶けて、消えてゆく。

「鈴真にも、ありがとうって、言えたよ」

何かが、こみ上げてくる。

「こわかったけど、できたよ」

カーテンすら取り払われた窓の外には、もうなにもなくて、ただ暗闇が広がるばかりだった。

私は、そのなにもない空白を、ただ眺めていた。


「ずっとそばにいてくれて、ありがとね」


部屋の隅っこには、ひとつ、ぽつんと小さな灯籠《とうろう》が置いてあった。

近づいて、その灯りを見つめる。


『そばにいてくれて、ありがとう』


紛れもない私の字で、そう書いてあった。

私は両手で灯籠を持ち上げる。大切に、抱える。

そして、灯籠の面をひっくり返すと、そこには。


『ありがとう』

柔らかいあの声で再生される。

紛れもなく、鈴真《すずま》の字だ。

声とは違って少しだけ角《かく》ばった、鈴真の筆跡。

灯籠を両手に抱えて、その灯りをぼんやり眺めていた。


ああ、もうここに来るのはこれで最後なんだな。

なぜだかわからないけど、そうわかった。


ここに来ると、いつも決まって私より先に鈴真がいた。

ソファーに二人並んで、誰にも邪魔されることなく私たちは話した。

たくさんのこわいについて、話をした。

いつも決まって不安を打ち明けるのは私のほうで、彼は時々相槌《あいづち》を打ちながらそっと話を聞いてくれた。口を挟まず、遮ることもせず、淡々と。

そのことに、どれだけ救われただろう?


「……ありがとう」

ぽつり、呟《つぶや》いた言葉は誰もいない部屋の空中に溶けて消えた。

私のこわい、でできた部屋には小さな灯籠《とうろう》と私以外何もない。

あとは、飾りっ気のない扉がひとつだけ付いている。

私は扉を真っ直ぐに見つめて、少し息を吐いた。

最後にこの部屋から卒業しなきゃいけないのは、やっぱり私なんだな。

そう思ったら、思うように足が動かなくなった。

私が歩いて行かなきゃいけないのは扉の向こうなのに、まるで足が縫い付けられてしまったみたいに、床から離れなくて――――。


――今日はもう、こわくない？


ふいに、鈴真《すずま》の声が聞こえた気がした。よく聞きなれた、角《かど》のないあったかい声。

鈴真はいつも二人の時間の終わりに、決まってそう訊《き》いた。

私はいつも、寂しさを覚えながらそれに対して「うん」とだけ返事したっけ。

思い出したら、縫い付けられた足がほどけて軽くなった。

ありがとう。

結局、最後の最後まで助けられてしまったな。

「よし」

本当のところを言えば、こわいものが消えたわけじゃない。

この世界には私の不安の種が、あちこちにばらまかれている。

明日がこわい。

きっとこの先も、私は何度もそう思いながら、朝を迎えにいくのだろう。

でも、だからこそ。

こわい、けど。

それでも。

『もう、こわくない』

そう唱えながら。自分に言い聞かせながら。

こわいものだらけの明日を、私はこれからも生きていくんだ。

ひとりじゃないことを、何度も振り返って確かめながら。

私は真っ直ぐ扉のほうを見据えて、一歩、踏み出す。

ドアノブに手をかけると、あれだけ開かないままだった扉の鍵はあっけなく開錠されているようだった。

ドアノブをガチャリと回して、重い扉をこじ開ける。

扉の向こうは、何も見えない真っ白な光だった。

眩《まぶ》しさに、目を細める。


「もう、こわくない」


私は自分に言い聞かせて、扉の向こうの光へと飛び出した。

――明日を迎えに行こう。

愛が灯る
The Flame of Love
Story
Yomii Haruka
Illustration
LOWRISE
Original
Rokudenashi

Fin

あとがき

はじめましての方ははじめまして。

『愛が灯る』ノベライズを担当させていただきました詠井晴佳《よみいはるか》と申します。本作を今、手に取っていただいている方にはロクデナシの楽曲ノベライズだから読んでみた、という方もとても多いと思うので、中にはもしかしたら普段ライトノベルや小説にあまり触れない方もいるかもしれません。そう考えると、私の作家経歴や日常を語ってもしょうがないので、今回は代わりに「私の学生時代と音楽」の話をしたいと思います。よろしければ、少しだけお付き合いください。

私の音楽の原体験はボーカロイド文化でした。

小学五年生の頃、たまたまゲーム機のブラウザで聴いた楽曲に衝撃を受け、それ以来親の目を盗んでは様々な楽曲を聴き漁りました。なぜ親に隠れて聴いていたかというと、（不思議な話ですが）当時の私にはボカロ曲が刺激的で魅力的すぎて、それ故に自分が聴いてはいけないもののように感じていたのです。私は背徳感を抱えたまま、各時代のボカロ曲とともに歳を重ねていきました。

中高の頃、どちらかと言えば私は学校に行くのが憂鬱《ゆううつ》な側の学生でした。

今思い返せば、友達がいないわけでも人間関係に問題を抱えているわけでもなかった気がしますが、当時は本当に明日が来るのがこわくて、毎日毎日生きるか死ぬかの問題だったことを覚えています。そして、そんな私に寄り添ってくれたのは、やっぱりボカロ文化や歌い手文化でした。私はなるべく明日の到来を先送りするように、夜、ベッドの上に寝転びながら、三分四分のバラード系のボカロ曲や歌ってみた動画を再生し続けました。涙の匂いや自罰的な味、憂鬱の色に命の温度。そういう色んな切実さを孕《はら》んだ歌詞を、一枚の優しさという膜で包んだような、そんな歌詞のある曲が特別好きで、私はそういう音楽とともに夜をひとつずつ乗り越えてきました。

そういう苦しさからある程度解放された今思うのは、たとえ振り返ればいくら些細《ささい》なことだったとしても、やっぱりあの頃感じていた切実さは、私にとっては本物の切実だったということです。当然、そういう切実さと一緒に寄り添って夜を乗り越えてくれた、あのたくさんの楽曲たちの美しさだって、私のなかで永遠に失われず光り続けるということです。

そして、もう一つ思うことがあります。それは、この世界には「苦しかったあの頃」の自分に届けてあげたい作品が今日も生まれ続けているということです。私が高校生だった頃、ロクデナシの音楽はまだこの世界にありませんでした。でも、もしもあの頃の私にメッセージを送る手段があるのならば、私は真っ先に本楽曲『愛が灯る』のファイルやリンクを添付して届けると思います。そうして過去に届いた曲は、私の性格を作り変えることはないでしょう。今すぐ、憂鬱を消し去ることだってないと思います。でも、間違いなくそれは私の苦しかった夜を優しく包んで、明日に向かう小さな勇気を灯してくれると確信します。明日の前で立ち尽くす私に、もうこわくないよって、そう言ってくれると思います。そして、私は年を重ねた今も、そういう作品に出会う度にこう思うのです。

ありがとう。

最後になりましたが、謝辞に移らせていただきます。

まずは、『愛が灯る』という心の一番深く柔い部分に届く曲を産み落としてくださったMI《ミ》MI《ミ》さん、圧倒的でいて等身大にも感じられる唯一無二の歌声で楽曲を届けてくださったにんじんさん、本当にありがとうございます。ここでファンムーブはいくらでもできますが、あまりに紙幅が足りないので、お二方とも本ノベライズの話が来る前からずっと活動を追っていて、ファンで、当然ロクデナシのファンでもあって、これからもずっと追い続ける、という事実だけを書いておきます。改めて、本ノベライズにかかわらせていただきありがとうございます。

また、日頃からロクデナシというアーティストの魅力を届けるためにお仕事をしてくださっていて、本ノベライズにおいても多大なご協力をしてくださった全ての方々、及び担当編集さん含むガガガ文庫編集部や小学館のみなさん、本当にありがとうございました。

それでは、やがて来る明日が積み重なったその先で、またお会いしましょう。

詠井《よみい》　晴佳《はるか》

愛が灯る

GAGAGA

ガガガ文庫

愛が灯る

詠井晴佳
原案・監修：ロクデナシ
原曲：『愛が灯る』
Vocal：にんじん
Composer：MIMI

発行 2025年3月23日 初版第1刷発行

発行人 鳥光 裕

編集人 星野博規

編集 渡部 純

発行所 株式会社小学館
〒101-8001 東京都千代田区一ツ橋2-3-1
［編集］03-3230-9343 ［販売］03-5281-3556

カバー印刷 株式会社美松堂

印刷・製本 TOPPANクロレ株式会社

Printed in Japan ISBN978-4-09-453234-0